LORENZ JUST
DER BÖSE MENSCH

LORENZ JUST
DER BÖSE MENSCH

Erzählungen

DUMONT

FSC
www.fsc.org
MIX
Papier aus ver-
antwortungsvollen
Quellen
FSC® C014496

Erste Auflage 2017
© 2017 DuMont Buchverlag, Köln
Alle Rechte vorbehalten
Umschlaggestaltung: Nurten Zeren · zerendesign.com
Satz: Fagott, Ffm
Gesetzt aus der DIN und der Aldus
Druck und Verarbeitung: GGP Media GmbH, Pößneck
Gedruckt auf säurefreiem und chlorfrei gebleichtem Papier
Printed in Germany
ISBN 978-3-8321-9879-4

www.dumont-buchverlag.de

Geschehen ist, was nie geschehen sollte,
Und ich bewein's und bittrer als du denkst,
Doch soll ich drum, ich selbst, mich selbst vernichten?

(Grillparzer, *Das goldene Flies*)

DER NACHBAR

Eine Bewegung hat mich geweckt. Ich kann die Wellen noch sehen, unruhige Wellen, die auf mich zu- und von mir wegrollen. Ich habe die Bewegung nicht geträumt, aber ich habe geträumt. Ich lag auf einer Wiese in der Abendsonne. Eine Gestalt kam heran und stellte sich als riesiger Schatten vor mir auf. Ich konnte ihr Gesicht nicht erkennen, nur die von Lichtstrahlen umkränzte Kontur. Wer weiß, was sie wollte. Als sie sich zu mir hinabbeugte, habe ich die Beine angewinkelt und zugetreten. Ob ich getroffen habe, kann ich nicht sagen, denn die ruckartige Bewegung hat mich aufgeweckt. Jetzt steht die Wasseroberfläche wieder still, Dampf steigt auf und schwebt im Raum. Es ist das erste Mal, dass ich hier eingeschlafen bin. Aber ich habe keine Angst. Ich glaube nicht, dass ich im Schlaf ertrinken könnte. In einer Zeitschrift habe ich von Meistern gelesen, die ihr Sterben wie ein heilendes Kunststück vollführen. Die Beine ineinander verschlungen, lassen sie sich auf den Grund eines Gewässers sinken, wo sie, ohne eine Miene zu verziehen, ertrinken. Anderen gelingt es, ihren Herzschlag Kraft ihres Willens auszusetzen. Doch es braucht wohl das ganze Leben, um zu lernen, wie es aus eigener, innerer Kraft zu beenden ist, den Zeitpunkt selbst zu bestimmen, ihn bekannt zu geben, um vor versammelter Jüngerschaft zu vergehen. Ein friedlicher Tod, um in Frieden zu ruhen. Ein friedliches

Leben, um in Frieden zu sterben. Eine Stunde bleibe ich noch. Das Wasser ist heiß, und heute habe ich Zeit. Nichts treibt mich weg. Ich bin allein. Niemand klopft oder rüttelt an der Klinke. Alles ist still, keine Türen schlagen, keine Schritte, keine lauten Stimmen, es ist so still, dass ich meinen könnte, taub zu sein. Kein Wetterumschwung, der das Licht verändern könnte, keine Wolken, keine Sonne, kein Himmel über mir, und auch kein Stromausfall. Hin und wieder flackert die Glühbirne. Wenn sie durchbrennt, müsste ich aufstehen. Im stockfinsteren Bad, bis zum Hals im Wasser, in der engen Badewanne, ich wäre mir meines Lebens nicht sicher. Im Licht sehe ich meine Arme und Hände, meinen Bauch, mein Glied, meine Beine, die aus dem Wasser ragen, meine Füße, die auf dem Wannenrand liegen, meinen Körper, der mir zeigt, dass ich da bin. Vielleicht könnte ich auch im Dunkeln durchhalten. Ich müsste versuchen, mir das Licht vorzustellen, sodass ich hinter geschlossenen Augen sehen würde: den roten Sand, die Straße vor dem Haus, die Frauen. So wie auch die Stille mir keine Schwierigkeiten macht, da sie meine eigene Stimme klar und deutlich klingen lässt. Ich höre mir zu. Ich muss mir zuhören. Lieber höre ich mir zu als dem Radio, lieber mir als den Verkäufern, lieber mir als dem Hausmeister, als der Müllabfuhr, der Nachrichtensprecherin. Lieber mein Selbstgespräch als das Telefongespräch eines Fremden, der neben mir an der Haltestelle wartet. Lieber mir zuhören. Ich weiß nicht, warum ich Angst vorm Sterben habe. Ich kenne den Tod, nur nicht den eigenen. Im Radio sterben die Menschen schnell und leicht. Ihr Sterben ist gut aufgehoben in der Normalität des Wetters, der Sportereignisse, der Wahlen. Nur selten stirbt ein Einzelner, ein Bischof, ein Friedensstifter, ein Präsident oder ein großer Mörder. Die Kleinen sterben wie alle Übrigen. Keiner fragt nach ihnen. Sie leben zurückgezogen, halten still und bleiben in ihren Häusern, in denen Ruhe herrscht. Man ist froh, wenn sie ihre Gesichter verstecken. Früher habe ich wie im

Traum gelebt. Die Menschen waren Illusionen, ihre Gesichter Masken, von Geistern getragen. Oder es gab gar keine Menschen. Nur Vertriebene, die vor lauter Angst kein Leben mehr hatten. Hier haben sie jetzt ein Leben. Es kommt vor, dass mir ihre erbärmlichen Masken plötzlich wieder vor Augen stehen. Ich entdecke sie im Gesicht eines Fremden oder in den vertrauten Zügen eines Bekannten. Du hast alle Geister zurückgelassen, sage ich mir dann, aber der Schrecken ist mir anzusehen. Ihre Köpfe zucken unter meinen Händen, ihre Körper sinken etwas tiefer in den Stuhl, wenn sie mich im Spiegel erblicken. Aber während ich ihre Schädel rasiere, die schwarzen Locken von der Kopfhaut schäle und wir dabei über Alltägliches sprechen, beruhigen wir uns. Mein Bruder, sagen sie zum Abschied, und ich erwidere die Verbrüderung. Am Abend fege ich ihre Haare zusammen und verbrenne sie im Hof. Die Flamme frisst sich durch sie hindurch, weißer Rauch steigt in dünnen Fäden auf und verbreitet einen beißenden Geruch, der sich in meiner Kleidung, an der Haut und in den Haaren festsetzt, wenn ich nicht aufpasse und ein Luftzug ihn mir entgegenweht. Wasserdampf kondensiert an den Fliesen und tropft die Wände hinab. Ich vermisse die Nachmittagsglut, die nur unter einer schattigen Veranda zu ertragen war, den Schweiß auf der nackten Haut, die jeden Windzug spürte, jeden Sonnenstrahl, jeden Schatten. Hier liegt die Haut unter Schichten von Stoff begraben. Ich friere in dieser Luft, selbst im kurzen Sommer bleibt mir kalt. Meine Frau sagt, bade, bade so viel du willst. Und wenn ich benommen aus dem Badezimmer wanke, dann meint sie: »Jetzt bist du einmal warm«, und wir tun, was kein langes Reden braucht. Manchmal kann ich es nicht zu Ende bringen, dann steht sie auf und lässt mich allein. Ich habe versucht, ihr zu erzählen, wer ich war, wann, wo, aber sie will nichts wissen. Sie sagt: Dafür bin ich nicht deine Frau. Im Laden mache ich meine Scherze mit den Männern. Sie behandeln mich gut, sitzen den ganzen Tag auf der langen Wartebank und schauen zu, wie ich Haare schneide. Wir bleiben besser unter uns, sagen sie und halten zusammen wie die Hühner. Wenn etwas passiert, wenn es Ärger gab, auf einem Amt oder mit sonst einem Deutschen, jammern sie und bitten mich: »Du könntest etwas tun, du bist stark.« Es stimmt, ich bin nicht so arm wie sie: Ich habe ein Geschäft und gute Kleidung. Es flößt ihnen Respekt ein, dass mich der Hausmeister nicht beschimpft, sondern mit Namen grüßt. Aber er spricht meinen Namen so aus, dass er wie eine Beleidigung klingt, leer und ohne Bedeutung, wie hingespuckt. Nicht, dass ich die früheren Spitznamen zurück will, ich brauche keine Titel mehr. Meine Mutter wusste aber, warum sie mir meinen Namen gab. Hier bin ich neu und habe keine Ahnen und keinen Kult. Es genügt den Leuten, zu wissen, dass ich Besitzer eines Geschäfts bin, um ihr Misstrauen hinunterzuschlucken. Wenn ich rechtzeitig die Miete zahle und keinen Müll neben die Tonne schmeiße, bin ich ein korrekter Mensch. Sie verzeihen mir selbst das Schwarze, wenn ich mich ordentlich und ein wenig wie sie kleide. Oft wache ich tief in der Nacht auf und weiß nicht, wo ich bin. Ich muss mich umschauen und konzentrieren, aber selbst wenn es mir einfällt, kann ich nicht glauben, dass ich, immer noch derselbe, jetzt hier bin, ein zweites Leben führe, »Guten Tag« sage und mit dem Hausmeister über das Wetter plaudere. Ich muss es wie ein Gebet hersagen, damit mir die Welt wieder wirklich erscheint. Im Badezimmer, in der kleinen Kammer, halb unter Wasser, bin ich nirgendwo. Ich muss meinen Kopf nicht aufrecht halten, sondern lehne ihn gegen den Rand der Wanne, spüre im Nacken das kühle Metall, und Schweiß tropft über mein Gesicht. Ich habe meine schlimmsten Fantasien zu Wirklichkeit werden lassen, meine Albträume über andere gebracht. Ich habe in mir einen Dämon gespürt und bin zum Dämon geworden, habe an blutigen Herzen geleckt, aus Kindern Teufel gezüchtet, Tod und kein Leben in die Welt gebracht – ich kann es aufsagen, ohne mich erinnern zu müssen, wie auswendig gelernt. Die Normalität der anderen hat mich aufgefangen, mir einen Platz im Netz von Alltäglichkeiten zugewiesen, zuletzt hat sie mir eine Amnesie verordnet, die ich durch Schweigen erzwingen soll. Meine Vergangenheit scheint die eines Fremden zu werden, den ich im Traum getroffen habe. Ein Hirngespinst, das im heißen Wasser zu mir spricht. Vom roten Sand, von leeren Wäscheleinen, von einer Badewanne aus Zink. Am Abend füllte sie meine Frau mit sieben schweren Eimern aus dem Brunnen. Sieben Eimer, sagte sie, aber ich lachte nur und zog die Stiefel aus. Ich legte mich ins Wasser, betrank mich mit Schnaps, starrte in den Himmel. Ich habe immer versucht, etwas in den Sternen zu erkennen, ein Zeichen, das ich auf Anhieb verstand, irgendetwas, aber es war nur ein Spiel, mit dem ich die Zeit totschlug. Wenn meine Augen schwer wurden, zog ich den Stöpsel, und während das Wasser ausfloss und eine Pfütze um die Wanne entstand, schlief ich ein. Erst die sengende, blendende Sonne weckte mich. Ich musste lange rufen, bis meine Frau oder irgendjemand, der in der Nähe war, den Sonnenschirm aufstellte und mir Wasser zu trinken brachte. Wenn ich nicht aufstehen wollte, was oft der Fall war, musste jemand die Wanne von Neuem füllen. Immer spielten Kinder, aber vor dem Haus, wo ich sie nicht sehen konnte und ihr Geschrei nur leise zu hören war. Meine Frau war im Haus; was sie dort tat, ging mich nichts an. Nur ein paar Männer hielten sich ständig in meiner Nähe auf. Sie lungerten im Schatten des Vordachs, wo der Fernseher stand. Ununterbrochen liefen amerikanische Sendungen, die keinen interessierten. Aber wenn die Nachrichten begannen, sprangen sie auf und drehten laut. Es war die größte Freude, wenn die Rede von uns war, das heißt von den vielen Toten, die man zu einer handlichen Zahl zusammengefasst hatte. Wir merkten uns diese Zahl. Selbst zählten wir schon lange nicht mehr mit. Für uns gab es nur Anekdoten, die sich gegenseitig übertreffen mussten, wenn wir sie im Rausch eine nach der anderen erzählten und wieder erzählten. In den Nachrichten schienen sie nicht zu wissen, dass jeder einzeln und in Todesangst stirbt. Meine Soldaten hätten es ihnen zeigen können. Manchmal, wenn ich durch die Innenstadt laufe, spüre ich sie wie früher an meiner Seite. Hass und Angst brennen ihnen unter der Haut, Wahnsinn glüht in ihrem Blick, aber sie gehen langsam, und keiner sagt ein Wort. Bis ein Junge sich vor seine Schwester stellt und nicht wegrennt. Dann kreischen sie lauter als ihre Opfer, schreien mit jedem Schlag und jedem Schuss. Wenn die Schwester sich über ihren Bruder wirft, sind ihre Flüche das Letzte, was sie hört. Es gibt auch solche, die stumm bleiben und konzentriert die Stirn verziehen. Sie zerschießen die Schaufenster und dringen in die Geschäfte vor, um, versteckt in Hinterzimmern, Verkäufer, Manager oder wen auch immer zu metzeln. Einem dieser Sorte habe ich kein einziges Mal zugesehen; angesichts seiner Opfer rätselten wir, wie er es wohl angestellt hatte. Wir nannten ihn den Deutschen, was ihm gefiel, er ließ sich sogar die Haare bleichen. Wer weiß, was er heute tut. Ob er einfach aufhören konnte? Oder überhaupt noch lebt? Ich hätte bleiben sollen. Jetzt bin ich hier, mit einer anderen Frau, meiner alten Arbeit, in einem neuen Land. Die Gewohnheit, zu baden, ist geblieben. Nur ist das Wasser nicht mehr kalt, sondern fließt heiß aus einem silbernen Wasserhahn. Wohin es abläuft, sehe ich nicht. Und die Wanne steht in einem fensterlosen Zimmer im dritten Stock eines Wohnhauses, dessen Bewohner mir selten begegnen. Ich lerne sie nicht kennen und weiß nichts von ihnen, aber trotzdem stelle ich mir vor, dass sie lauschen, sobald ich leise vor mich hin spreche. Einen Augenblick lang zögere ich, weil da ein Kratzen an der Wand war oder ein kurzes Husten, dann fahre ich etwas lauter fort. Wenn meine Frau hört, dass ich wieder murmele, wie sie es nennt, dreht sie den Fernseher auf. Schreib ein Buch oder such dir einen sie von der Brücke aus, wie sie das Ufer hinab ins Wasser rannten. Ich befahl einem meiner Jungen, auf ein Kind zu schießen, das im knietiefen Wasser stehen geblieben war und ausdruckslos zu uns herübersah; er zielte lange, atmete schwer. Ich sprang von der Brücke in den Fluss und sank bis auf den Grund, ging in die Knie und stieß mich ab. Als ich auftauchte, war das Wasser leer. Ich schwamm zum Ufer, wo gerade noch die Kinder gespielt hatten, legte mich in den Sand und ließ mich von der Sonne trocknen. Die Jungs warteten. Als ich ihnen winkte, legten sie die Gewehre ab, stiegen auf die Brüstung und sprangen einer nach dem anderen. Mit Schlamm in den Händen tauchten sie wieder auf. Sie beschmierten sich damit die Gesichter und kamen zu mir auf den Strand gekrochen. Als der Schlamm sich härtete und abzubröckeln begann und sie aussahen wie eine Gruppe kleiner, runzliger Greise, kicherten sie leise und verhalten. Ich stand auf und zog das Kind aus dem Wasser. Ich bohrte meinen Daumen bis zum Anschlag in die Wunde und malte ihnen Kreuze, Striche und Kreise auf die Stirn und drückte ihnen Punkte auf die Wangen. Die Jüngeren schauten mich an, während ich sie bemalte, die Älteren schlossen die Augen. Sie saßen im Kreis um mich herum, und da war etwas, das uns alle verband.

BILDBESCHREIBUNG

Ein blauer Himmel, getrübt nur durch Andeutungen blasser Wolken, darunter eine massive Hügellandschaft in leuchtendem Grün, drei Bäume im Vordergrund, bis unter den oberen Bildrand ragen die Kronen, ihre spitz auslaufenden, blattlosen Zweige schneiden in die Fläche des Himmels, drängen aus dem Bild hinaus, entgegengerichtet die Bewegung der Vögel, im Sturzflug nähern sie sich der Erde, über das gesamte Bild verteilt, die spitzen Schnäbel voraus, Krähen, vielleicht Amseln, es könnten ganz andere Wesen sein, der vage Umriss erlaubt kein endgültiges Urteil, auch zwei Türme ragen hinauf in den schmalen Streifen Blau, ihr schlanker Bau erinnert an osmanische Bleistiftminarette, bei genauerem Hinsehen sind es Wachtürme, drei schwarze Fenster, in denen nichts zu erkennen ist, bilden den Ausguck, trotz der großen Höhe scheint es nicht möglich, dass ein Wärter oder sonst eine Person von diesem Ausguck aus über die bis unter den oberen Bildrand reichenden Hügel hinweg ins Hinterland schauen könnte, im Zentrum des Bildes ein weißes Gebäude, ein Dutzend winziger Fenster ohne Kreuz, der offene Eingang ohne Tür, kein Schild oder Schriftzug darüber, ein großer Kasten mit schwarzem Dach, das an zwei Stellen brennt, die rotgelben Flammen lodern aufrecht, auch das linke der beiden Nebengebäude ist angesteckt, Stichflammen auf dem First, vielleicht Spuren eines Meteoritenhagels, wahrscheinlicher aber von Geschossen, die im Haus noch nicht explodiert sind, in den Fenstern ist kein Feuer zu erkennen, nur dunkelblaues Licht, nicht zu sagen, woher die vielleicht harmlosen Feuer stammen, welche Ursache ihnen vorausgeht, ein Rätsel, auf dem Dach, aber auch in einem der Bäume: ein Ast brennt, oder ist es eine zerfetzte Fahne im Wind, vielleicht ein zerrissenes Hemd, von einem Sturm ins Geäst getragen, die drei Gebäude, zweigeschossig, weder aus Stein noch aus Holz, vielleicht aus riesigen Pappkartons geschnitten, bilden einen Platz, einen ausufernden Garten, möglicherweise einen Park, der weit über das Bild hinausführt, auf den gelben Rundwegen, die sich verzweigen, sich im hellgrünen Untergrund verlieren, das Bild aber nie verlassen, wachsen Büsche, in ihrer Form und Größe den Flammen gleich, aber grün, am unteren Bildrand verläuft ein Graben, auf der Wasseroberfläche steht eine Figur, also kein Graben, nur eine längliche Pfütze oder ein blau gemalter Weg, der Kopf ist ohne Gesicht, blass, von schwarzen Haaren umschlossen, die Gliedmaßen überlang, an hängenden Armen die offenen Handflächen dem Betrachter zugewandt, hätte die Figur Augen, würden auch diese aus dem Bild hinaus, auf das, was davorliegt, schauen, zwei weitere Figuren, links und rechts hinter dieser vordersten, ohne Beine oder hüfthoch in den hellen Wegen versunken, Treibsand oder wiederum eine irreführende Farbgebung, diese Figuren, rot und blau gekleidet, recken ihre unterschiedlich langen Arme, der rechte lang, der linke kurz, über die Köpfe, greifen ins Leere, wieder fehlen die Gesichter, durch die Haltung ihrer Körper, der Schultern, der Köpfe geht jedoch auch von ihnen ein Blick aus, dem Betrachter entgegen, alle Figuren im Bild, insgesamt sieben, müssten in diese Richtung schauen: die vierte Figur am äußeren rechten Bildrand, im wehenden bodenlangen Kleid, der Bart schwarz, steht mit beiden Füßen auf dem Sand, die fünfte Figur unterhalb des Hauptgebäudes, die

Hände in den Hosentaschen, in niedriger Höhe schwebend oder mitten im Sprung festgehalten, die sechste strebt rückwärts mit der Rechten tastend auf den linken Bildrand zu, vielleicht hat sie im Augenwinkel den Vogel wahrgenommen, dessen Flug auf ihre Brust abzielt, hinter einem Baumstamm versteckt die siebte Figur, sichtbar nur der Arm, steil in die Luft gestreckt, es sind sieben von derselben Sorte, dieselbe Größe, dieselbe schwarzbraune Haarfarbe, nirgends ein Hinweis auf ihre Funktion, keine Uniformen, in den Händen keine Werkzeuge, keine Waffen, keine Schlüssel, ein Gesicht hat keiner, weder Angst noch Hoffnung auf diesen leeren Köpfen, nur gleichgültiges Erwarten dessen, was naht, als wären sie zufällig in diesem Moment vor die Häuser getreten, hätten das, was sie gerade noch taten, zurückgelassen, in den offenen Fenstern und Türen nichts, was verrät, wozu diese Räume gebraucht wurden, nur das blaue Licht oder Dunkel, aber schwarze Fäden führen die Wege entlang, Kabel vielleicht, oder Zündschnüre, sie hängen von den Bäumen, führen in die Häuser hinein, vielleicht gehören sie zu der Arbeit, die die sieben Figuren gerade noch beenden konnten, ein letztes Mal vereint, die Möglichkeit geschaffen, einer Bedrohung, die ihnen entgegenrückt, zuvorzukommen, alle Spuren auszulöschen, oder sollten sie die Erlösten sein: die Wachtürme unbemannt, geflohen die Wärter, die Gefangenen plötzlich frei, taumeln ihren Rettern entgegen, vor maßloser Erschöpfung kaum mehr Personen, die ersten brechen zusammen, winken mit dürren Armen dem Einen hinterher, der den Graben erreicht, im Satz hinüber versagen die Beine, kein Entkommen der Sprengung, die aus den Dächern der Häuser hervorbricht, Bäume brennen lässt, im nächsten Augenblick die Insassen verschlingt, aber vielleicht haben diese sieben ihre Uniformen nur abgelegt, sich letzte Fetzen übergeworfen, haben die Zündungen entschärft, Fenster und Türen geöffnet, die Arme erhoben als zurückhaltende Geste der Kapitulation, um dem

Beschuss zu entfliehen und sich kurz vor Schluss in die Zukunft der anderen zu retten, oder doch die Befreiten, die aber die Kraft nicht finden, sich von diesem Ort, der nie wieder eine Gefahr bedeuten wird, loszureißen, alles verloren außer diesem letzten Rest Leben, geworfen in eine Freiheit, die mit einem Schlag zurück ist, am Ende einer Welt, die nicht hätte sein dürfen, oder sind es doch die ahnungslos Besiegten, die keinen Befehl mehr erhalten, die immer noch glauben, aber nicht wissen, was als Nächstes, und wohin, oder alles ist anders, die Figuren Betrachter einer verkommenen Kulisse, Spaziergänger zwischen intakten Ruinen, die eine unmögliche Erinnerung aufrecht erhalten, die den blauen Himmel nicht verstehen, die Sonne, die draußen wartet, während sie in den Häusern umherlaufen, aus den offenen Fenstern schauen, bis sie, wieder am Eingang angelangt, zurück ins Freie treten, wo sie nun über die Landschaft hinweg in ihre verwirrte Vorstellung starren, sich räkeln oder zur Lockerung hüpfen, vielleicht im nächsten Augenblick schon das Bild verlassen, bis dahin aber für immer ihre ratlosen Blicke im Auge des Betrachters versenken.

DIE BIBLIOTHEK

Ein junger Mann späht in den Saal. Sein Blick streift über die Regalreihen der Sinologie und Indologie, schwebt zur Ethnologie und bleibt irgendwo über den langen Tischen haften. Der Mann steht still, keine Regung außer einem fast unmerklichen Schwanken des Körpers. Bis der Schirm seines Basecaps gegen die Glastür stößt. Ein Atemzug kondensiert an der Scheibe. Er zuckt zurück. Jetzt blickt er zu Boden. Seine rechte Hand hebt sich, bewegt sich auf seinen Kopf zu, greift nach seinem Basecap. Den Schirm zwischen den Fingerspitzen, der kleine Finger abgespreizt, schiebt er es ein winziges Stück nach links. Er trägt ein weites Hemd, dunkelrote Pumphosen, einen weißen Schal wie einen Gürtel um die Hüfte gebunden, darüber offen eine hellbraune Lederjacke. Jetzt richtet er den Blick an die Decke, öffnet den Mund – nur dumpfe Laute –, stößt die Tür auf und betritt den Vorraum der Bibliothek, der durch zwei gläserne Wände vom Lesesaal abgeschirmt ist. Hinter dem Empfangstisch wartet der Aufseher. Sie schauen sich an. Der Mann steht wie ertappt: breitbeinig, die Knie leicht gebeugt, die Arme auseinandergerissen. Er ruft: Ha Lo. Ohne den Blick vom Aufseher abzuwenden, schleicht er rückwärts davon, orientiert sich nur mittels sprunghaften Blicken nach links oder rechts, bis er schließlich zwischen den hohen Regalreihen der Sinologie verschwindet.

Der Aufseher ist ebenfalls ein junger Mann, kaum älter als der Mann in den Pumphosen. Wer kommt oder geht, muss an ihm vorbei. Mit einem Blick erkennt er, ob jemand die Regeln der Bibliotheksordnung missachtet oder Bücher der Bibliothek, unter dem Arm vergessen, hinaustragen will. Den Mann in den Pumphosen kennt er bereits und wundert sich nicht mehr. Gewundert hat er sich über eine kleine Kugel aus blauem Stein, die er am Morgen auf dem Gehäuse des Computers in einem winzigen Ständer aus durchsichtigem Plastik entdeckt hatte. Er hat sie hochgehoben, in der Hand hin und her geschwenkt und sie an ihren Platz zurückgelegt. Wahrscheinlich ein Einfall Frau Sperlings, seiner Vorgesetzten, die direkt hinter ihm, zusammen mit der älteren Sinologin Frau von Schleiß, ihr Büro hat. Er wird sie fragen, was es mit der Kugel auf sich hat, später, wenn sie ihn zwischen die Regale schickt, um die richtige Reihung der Bücher zu überprüfen. Bis dahin ist er frei, zu lesen. Nur die vereinzelten Nutzer muss er im Auge behalten. Er rückt sein Buch zurecht, blättert eine Seite zurück.

Auf einmal steht Gertrud vor ihm: »Ich muss jetzt Kaffee trinken, mein Kopf raucht, die Augen fallen mir zu. Eine kurze Pause. Ob der Professor es erlauben wird?« Der Aufseher weiß nicht, was er sagen soll, er versucht ermutigend zu lächeln, aber schon ist sie weitergelaufen.

Gertrud kommt jeden Morgen pünktlich fünf Minuten nach neun, wünscht einen strahlenden guten Morgen und entschuldigt sich für ihre Verspätung. Sie begrüßt auch Frau Sperling und Frau von Schleiß, deren Namen sie mit hoher Stimme ruft, während sie mit ausgestrecktem linken Arm auf sie zuläuft, um ihnen die Hand zu schütteln, was immer wieder Verwirrung stiftet. Dann zählt sie auf, welche Aufgaben sie zu erfüllen hat, welche Bücher sie brauchen wird. Zu guter Letzt bedankt sie sich überschwänglich und verschwindet in den Lesesaal.

»Jeden Morgen diese gute Laune«, hatte Frau Sperling an einem der ersten Arbeitstage des Aufsehers ihren Bericht begonnen: »Sie kennen Gertrud bereits? Wundern Sie sich nicht. Das machen die Medikamente. Sie war wohl eine talentierte Frau, eine ganz große Forscherin wollte sie werden. Aber über der Promotion ist sie durcheinandergeraten. Jetzt darf sie Übersetzungen korrigieren, ein Gefallen, den ihr der Professor tut.«

Eine Minute später ist Gertrud zurück. Das Büro sei verschlossen, keiner da, klagt sie mit zittriger Stimme. »Vielleicht könnten Sie beim Professor anrufen. Haben Sie die Nummer? Ich kann nicht warten. Wer weiß, wann er zurückkommt. Zwei Kapitel muss ich heute schaffen, aber die Augen fallen mir zu.«

»Gehen Sie einen Kaffee trinken«, sagt der Aufseher, »der Professor wird nichts dagegen haben.«

Gertrud starrt ihn an, ihr Mund öffnet und schließt sich, die Lippen zucken, »Gut, gut«, murmelt sie und läuft los.

Der Aufseher lässt sich in den schwarzen Bürostuhl zurücksinken, schlägt die Beine übereinander und zieht das Heft, in dem er lesen will, auf seinen Schoß. Doch die laute Stimme Frau Sperlings lässt ihm keine Ruhe. Sie erzählt Frau von Schleiß, einer stillen, zunehmend schwerhörigen Person, von ihrem Ältesten, der zu nichts nutze ist. Auch ihn kennt der Aufseher schon: ein dünner Mann in schwarzer Kleidung, das Gesicht übertrieben blass, sicherlich gepudert, der seiner Mutter einsilbig antwortet, wenn überhaupt.

»Er hat seine Ausbildung abgebrochen und wirft seine Zukunft weg«, klagt Frau Sperling. »Dieselben Fehler wie ich. Er wird nichts werden und auf seinen Talenten sitzen bleiben. Eine ganze Generation versinkt in grenzenloser Faulheit. All die Möglichkeiten, die ich nie hatte, aber er hockt in seinem Zimmer, füttert seine Ratten oder verspielt seine Tage am Computer. Und ausgerechnet heute lässt er mich warten.«

Frau von Schleiß erwidert nichts. Aus ihren himmelblauen, geröteten, ständig tränenden Augen schaut sie auf den Bildschirm und nickt nur ab und zu, wenn Frau Sperling einen Satz beendet.

»Wie sehr ich doch meinen Kaffee liebe«, verkündet Gertrud freudestrahlend. »Ab an die Arbeit!«, ruft sie dem Aufseher zu, der nicht versteht, wie Kaffee so plötzlich wirken kann. »Gutes Gelingen«, sagt er zu leise, als dass sie es hören könnte, und doch bleibt sie stehen, dreht sich wieder um. Mit einem seligen Lächeln im Gesicht schaut sie ihn an, stottert: »Danke, danke«, dann stakst sie mit schnellen Schritten weiter.

»Für Ratten hat mein Sohn ein Händchen, mit Tieren, das ist seine Sache«, fährt Frau Sperling fort. »Wir stammen ja aus einer Reiterfamilie, so gern wäre ich Springreiterin geworden. Aber ausgerechnet mir hat mein Vater es verboten, hat plötzlich Angst bekommen … Natürlich habe ich mir nichts verbieten lassen. Und trotzdem hat er es geschafft, mir das Reiten ein für alle Mal kaputt zu machen: Mitten im Sprung ist er schreiend auf den Platz gerannt und hat das Tier derart erschreckt, dass es über das Hindernis stolperte. Ich junges Mädel stürzte kopfüber, Schädelbruch, knapp überlebt, auf ein Pferd habe ich mich nie wieder getraut. Man kann Pech haben mit den eigenen Eltern. Meine musikalische Begabung haben sie auch verkommen lassen. Ein wenig Klavier habe ich gerade noch gelernt, singe im Chor. Aber mit etwas Unterstützung, wer weiß, was hätte werden können.«

Nachdenkliche Ruhe kehrt ein, die Kolleginnen schweigen. Der Aufseher rollt in seinem Bürostuhl an den Tisch heran, legt sich das Heft zurecht, um sich endlich in den Text zu vertiefen. Doch es ist der erste Tag der vorlesungsfreien Zeit. Die Studenten haben die Stadt verlassen, sie liegen am See, auf den Wiesen der Parks, spielen Ball oder Frisbee, beleben die breiten Fußwege angesagter Straßenzüge, wie ausgestorben ist der Lesesaal, trockene, reglose Luft, das Licht der Neonröhren, die Stille verbreiten lähmende Müdigkeit. Die Augen werden dem Aufseher schwer, während er an die Sonne denkt. Ähnlich muss sich die Ratte fühlen, die in den Lichtschacht zu einem der Kellerfenster gefallen ist. Ein fettes Tier, das sich seitdem nicht mehr von der Stelle rührt. Ein Fußgänger hatte sie beobachtet, als sie am frühen Morgen über den Gehsteig geirrt war und sich durch das Gitter in ihr jetziges Gefängnis gezwängt hatte, und eine Notiz darüber an der Tür der Bibliothek hinterlassen.

»Haben Sie Ratten?«, hatte Frau Sperling den Aufseher begrüßt und, ohne ihm Zeit für eine Antwort zu lassen, von ihrem Rettungsvorhaben erzählt: Trotz des offiziellen Verbots, das Kellerfenster zur Ratte zu öffnen – »unter keinen Umständen darf das Tier zu den Büchern gelangen« –, will sie das Risiko auf sich nehmen und mit Unterstützung ihres Sohnes die Ratte befreien.

Der Aufseher hofft auf eine gewiefte Ratte, die ihre Kräfte spart, um im richtigen Augenblick zwischen allen Händen und Beinen hindurchzuspringen. Einige Tage müsste die Bibliothek geschlossen bleiben, bis ein Kammerjäger Ordnung schaffen könnte. Vielleicht ist die Ratte ja trächtig und sucht ein stilles Plätzchen zum Gebären. Zwischen den Büchern wären ihre kleinen Maden nur schwer zu finden. Während die Baby-Nager am Papier knabberten, könnte er in der Sonne dösen. Um die alten Prachtbände wäre es nicht schade, nur eine Handvoll Doktoranden und ein einziger Professor wähnen sich imstande, sie zu lesen, tun es aber nicht. Auch die tibetanische Sammlung sollen die Ratten sich holen. Nicht einmal Lo Kin, der originale Lama, hat diese Rarität je angerührt. Bücherschwund und Rattenplage – die Bibliothek wäre bis auf weiteres, bis in den späten Herbst, bis zum ersten Frost geschlossen.

Auf dem Weg zur Arbeit war dem Aufseher ein Herr aufgefallen: In einem eleganten, aber dreckverkrusteten Jackett hatte er auf der Fensterbank eines leerstehenden Geschäfts gesessen, sich gesonnt und von den Menschen, die ihn im Vorübergehen angewidert musterten, keine Notiz genommen. Er war mit einem Karton Schaumküsse beschäftigt, der offen auf seinen Knien stand. Zwischen Daumen und Zeigefinger hat er einen Schaumkuss ins Sonnenlicht gehalten, neugierig betrachtet, ihm die schlackernde Zunge entgegengestreckt und ihn zuletzt in den weit aufgerissenen Mund gestopft. Vielleicht wäre es besser, hatte der Aufseher denken müssen, die nächsten Stunden an der Seite dieses gut gelaunten Vagabunden zu verbringen.

Der Aufseher lächelt, als sich Frau Sperling neben seinem Schreibtisch aufstellt. Einige Sekunden lang steht sie einfach da, ohne ein Wort, schaut in den Raum, als stünde sie vor einer atemraubenden Landschaft. Bis sie, unvermittelt und ohne sich ihm zuzuwenden, zu erzählen beginnt: »Die ganze Religion ist schlecht sortiert. Jedes zehnte Buch am falschen Platz. Signaturen kommen doppelt oder dreifach vor. Barcodes fehlen in den Büchern. Wir müssen sie alle kontrollieren, denken Sie daran. Die verantwortliche Kollegin damals war eine Katastrophe. Sie kam zur Arbeit, um sich von ihren Kindern zu erholen. Schnell hintereinander drei Stück. Das hält kein Mensch aus. Die erst recht nicht. Schon die Arbeit hier war ihr ja zu viel. Wäre sie einfach zu Hause geblieben. Ich erinnere mich gar nicht, ob sie den Mann dann noch hatte. Aber welcher Mann hält schon drei Kinder und eine überforderte Frau aus. Zur Ruhe hat sie erst der Krebs gebracht. Jetzt kümmert sich keiner mehr um die Religion, also müssen wir das tun. Wo mein Sohn nur bleibt? Ich werde einen Tee machen. Wollen Sie auch etwas?«

Der Aufseher schüttelt den Kopf. Als die Glastür hinter Frau Sperling zufällt, atmet er tief ein und seufzend aus. Er starrt in den Lesesaal und wartet. Frau Sperling ist eine kleine, rastlose Frau, der es schwerfällt, an ihrem Platz zu bleiben. Ständig ist sie unterwegs und bleibt unerwartet lang verschwunden. Auch jetzt könnte sie längst zurück sein. Vielleicht hat sie in der Küche eine Kollegin getroffen, vielleicht ist sie zur Ratte hinabgestiegen, um nach dem Rechten zu sehen. Es macht ihn nervös, nicht zu wissen, wo sie ist oder wann sie wieder auftauchen wird. Jedes Mal, wenn sie an seinem Platz vorbeikommt, hat sie etwas zu sagen, Anweisungen, Gedanken oder zufällige Erinnerungen, die sie nicht für sich behalten kann. Er muss sie dann ansehen, ihr zuhören und zumindest mit einem Kopfnicken oder »Ach so« antworten. Ihm wäre ein zurückhaltender, höflicher Umgang recht, aber Frau Sperling gibt sich offen und freundlich. Unverhofft stellt sie ihm Fragen, auf die er nicht zu antworten weiß. Ob ihr die ausgewaschenen Jeans, die sie gestern getragen hatte, besser stünden als diese engen Lederhosen, und dreht eine Pirouette, damit er sie von allen Seiten betrachten kann. Oder sie beschwert sich bei ihm über ihre Kinder, ihren Vater und auch über Georg, ihren derzeitigen Gefährten, wie sie es nennt. Bevor er sie freitagnachmittags von der Arbeit abholt, hockt sie vor ihrem Schreibtisch, kontrolliert ihr Make-up in einem Handspiegel und bürstet sich so schwungvoll die aschblonden Haare, dass noch der Aufseher an seinem Schreibtisch es hören kann.

Georg ist einige Jahre jünger als sie, den Aufseher grüßt er, als wären sie alte Bekannte. Sie müsse ihn teilen, klagt Frau Sperling, wenn er mit seiner Tochter, die in Schweden bei der Mutter lebt, einmal im Jahr in den Urlaub fährt: »Ich bleibe dann zu Hause, ich kann ja nicht weg, ich muss mich um die Balkonpflanzen kümmern. Aber ich komme gut zurecht, auch allein. Ich liebe mein kleines Reich.«

Manchmal erzählt sie auch lange Geschichten: Die Geschichte der ehrgeizigen Studentin zum Beispiel, der Vorgängerin des Aufsehers, die freiwillig die gesamten Zeitungen der Japanologie sortiert hatte. Ihre Lehrbücher breitete sie während der Aufsicht stets auf dem breiten Schreibtisch aus und ließ keine Minute ungenutzt. Ein ganzes Jahr lang sparte sie alle ihre Urlaubstage auf, um während der Sommerpause ein Praktikum in Japan zu absolvieren. Alles war längst gebucht und gut geplant, als sich leichte Schluckbeschwerden einstellten. Da sie eine junge, gesunde Frau war, ließ sie sich davon nicht beunruhigen und reiste, ohne einen Arzt aufzusuchen, ab. Die Schmerzen vergingen nicht, doch sie wurden auch nicht schlimmer. Erst zum Ende ihres Aufenthalts verstärkten sie sich mit einem Mal so sehr, dass die ehrgeizige Studentin nichts Festes mehr hinunterbekam. Aus Versicherungsgründen jedoch wartete sie auch diesmal, um erst in Deutschland einen Arzt zu konsultieren. Wieder daheim, als ihr zu guter Letzt die Diagnose gestellt war, kam alle Hilfe zu spät. Der Krebs raffte sie dahin. »Wäre sie nur früher zum Arzt gegangen, der hätte ihr Ruhe verordnet«, hatte Frau Sperling ihr Fazit gezogen, eine Fluse vom Ärmel gezupft und es dabei belassen.

Da ist sie mit Teekanne und Teetasse zurück, fast schon am Aufseher vorbei, doch der ergreift seine Chance: »Frau Sperling, was hat es mit dieser Kugel auf sich?« Erst versteht sie nicht, sieht ihn verwundert an. Also lehnt sich der Aufseher zurück und zeigt auf den Computer. Sie tritt einen Schritt auf ihn zu. »Das meinen Sie, ja, das ist ein Quarz gegen E-Smog«, sagt sie langsam und blickt auf die Kugel, blinzelt einige Male, als hätte sie Dreck im Auge, dann geht sie schnell weiter.

Sie spricht mit Pflanzen und Tieren und auch zu ihrem Wasser, bevor sie es trinkt. Das Wasser schmeckt dann besser, die Pflanzen wachsen schöner, die Tiere antworten auf ihre Art. Es liegt kein Geheimnis darin. Warum die meisten Menschen das nicht verstehen, ist ihr ein Rätsel. Über so vieles könnte sie ihren Kopf schütteln. Neuerdings auch darüber, dass der dementen Mutter der Frau von Schleiß so kurz vor dem sicheren Ende noch ein Herzschrittmacher eingesetzt wurde. »Warum das Leid einer unglücklichen Frau noch verlängern? Die wollen nur Geld machen.«

Wenn am Nachmittag das Telefon klingelt und die vergessliche Mutter voller Sorge fragt, wo ihre Tochter denn bleibe, antwortet Frau von Schleiß unermüdlich, dass sie doch erst um sieben komme, und beruhigt sie mit wenigen Worten. Was Frau von Schleiß mit all der freien Zeit wohl anfangen wird, wenn die Mutter erst tot ist, sorgt sich Frau Sperling, hebt die Hände und schüttelt den Kopf.

Der Aufseher reißt die Augen auf. Er will endlich lesen und darüber die Bibliothek vergessen, die allgegenwärtige Chefin, die ihm im Nacken sitzt, die Krankheiten, die überall lauern, den Krebs, der sicherlich auch ihn befallen hat und irgendwo in seinem Inneren mit jeder traurigen Sekunde, jeder noch so kleinen Anstrengung, jedem bösen Gedanken wächst, unsichtbar sein Leben verschlingt, bis ihm nur ein paar Tage noch bleiben werden. Er will in die Sonne, hinaus aus der staubigen Luft, die seine Lungen verpestet, seine Augen austrocknet. Aber heute vergehen die Stunden nicht, mit jeder vergangenen Minute wachsen zwei neue, auch die Zeit ist vom Krebs zerfressen und wuchert ins Endlose. Der Aufseher drückt seine Stirn gegen die Tischplatte, konzentriert sich auf das Gefühl von hartem, kaltem Holz. Ein leichtes Räuspern reißt ihn aus seinen Gedanken. Roter Ledermantel, Perlenkette, weißes Haar. Der Aufseher blickt einer zierlichen Dame entgegen. Sie beugt sich zu ihm, schaut ihn auffordernd an, schweigt aber. Langsam schließt sie die Augen, reibt sich mit Zeige- und Mittelfinger die Stirn und schlägt sie wieder auf. Sie zieht den Mund drei Mal in die volle Breite. Am Ende dieser kurzen Choreografie fragt sie, ob an diesem Institut denn auch öffentliche Vorträge für ein interessiertes Publikum gehalten werden? Der Aufseher, der für einen Augenblick die Rolle, die er zu spielen hat, gänzlich vergisst, stockt, kneift die Augen zusammen, dann, in einem angestrengt herausgepressten Satz, verweist er sie ans Schwarze Brett im ersten Stock.

Die Dame sieht sich gelassen um, mustert die Bibliothek, leckt sich die orange geschminkten Lippen. Sie habe Jahrzehnte in Heidelberg gewohnt, sei jetzt aber heimgekehrt, beginnt sie zu erklären. Dort habe sie regelmäßig die öffentlichen Vorträge an Hochschulen, Bibliotheken und anderen gemeinnützigen Institutionen besucht. Der Aufseher lehnt sich im Stuhl zurück. »Wissen Sie, Physik ist mein Lieblingsfach, Quantenphysik im Genaueren.«

»Da sind Sie hier falsch«, unterbricht sie der Aufseher und setzt sich auf: »Naturwissenschaften gibt es hier nicht.«

Die Dame kratzt sich an der Nase, lässt ihren Blick in einem weiten Bogen um den Aufseher kreisen. Wiederum sieht sie ihn eindringlich an: Vor allem interessiere sie Diversität und alles, was ihr zur individuellen Entwicklung verhelfe. Informationen, und seien sie noch so breit gestreut, verknüpfen sich wie Palindrome, erläutert sie. Als der Aufseher darauf nichts erwidert, fährt sie etwas langsamer, ihre Worte noch deutlicher artikulierend fort: Den Heidelberger Professoren sei sie aufgefallen, weil sie die Einzige war, die an den richtigen Stellen ihrer Vorträge zu lachen gewusst habe. Globalisierung sei natürlich wichtig. Eine ostdeutsche Mauer rund um Europa? Vergeblich. Nur mittels Handel und Stadtkultur könne die Welt ernährt werden. Ein Palindrom auch, dass die Universität gegenüber dem Neubau einer Kirche stehe. Ein Gottesbeweis? Natürlich könne er ihr nicht folgen, sie springe durch die Welt des Geistes losgelöst von allem Herkömmlichen. Kinder liebe sie. Der Aufseher könnte ihr Enkelkind sein. Zu guter Letzt wünscht die interessierte Dame dem Aufseher alles Gute.

Ihm bleibt keine Zeit, über irgendeines ihrer Worte nachzudenken. Frau Sperlings Sohn ist da. Von Kopf bis Fuß in Schwarz, die schweren Schnürstiefel glänzen, steht er hinter der Glastür und hält

einen kleinen, hellblauen Plastikkäfig in der Hand. Mit der Fingerspitze winkt er dem Aufseher, der ihn sofort versteht. Er springt
auf und gibt Bescheid, dass der Rattenfänger da ist. Frau Sperling
tritt aus ihrem Büro. »Wenn irgendjemand nach mir fragt, wissen
Sie nicht, wo ich bin«, instruiert sie den Aufseher und heißt ihren
Sohn, ihr zu folgen. Stufe um Stufe steigen sie die Kellertreppe hinab, ihre Schritte verhallen, doch sie lassen eine Stille zurück, als
halte die Bibliothek den Atem an.

Der Aufseher beißt sich einen Hautfetzen vom Zeigefinger. Frau
von Schleiß stiert apathisch auf den schwarzen Bildschirm, die Hände im Schoß. Er greift die blaue Kugel, lässt sie zwischen den Handflächen kreiseln, rollt sie über den Tisch. Das scharrende Geräusch
beruhigt ihn. Er stößt sie mit der linken in die rechte, mit der rechten in die linke Hand, hin und her und hin und her. Er hält die Kugel an, betrachtet die schimmernden Farbschlieren. Ein schöner
Stein. Die Miniatur eines Planeten, eines blauen Jupiters vielleicht,
kein Wunder, dass Frau Sperling ihr wundersame Kräfte zuspricht.
Und trotzdem: Ihr Glaube ist unberechenbar. Zur letzten großen
Wahl hat er ein Gespräch mitangehört, das sie laut und ungezwun-
gen mit Frau von Schleiß geführt hat. Frau Sperling empörte sich
über die Flut von Wahlplakaten, über »all die leeren Versprechun-
gen«, wie sie sagte. »Ich werde nicht wählen, nie wieder«, versprach
sie. »An die Macht unserer Politiker kann eh kein Mensch mehr
glauben! Der Kapitalismus hat längst alle Strippen in der Hand,
und Großjuden ziehen die Fäden. Die sind unantastbar, die haben
ihre Lüge, die sie schützt.«

Als hätte Frau von Schleiß ihr einen ungläubigen Blick zuge-
worfen, erklärte Frau Sperling in hoher, dringlicher Stimmlage:
»Wäre es je zum Einsatz von giftigen Gasen gekommen, wäre der
Boden unter den einstigen Lagern blau. Mit eigenen Augen habe
ich aber gesehen, dass auch dort das Gras wächst, ja, der Löwen-

zahn blüht wie überall sonst.« Frau von Schleiß erwiderte nichts, vielleicht hatte sie auch gar nicht verstanden. Ihre Ohren wurden in letzter Zeit immer schlechter, bald schon würde sie ihrer Mutter in die Altersdemenz folgen.

»Nehmen Sie Rücksicht!«, ermahnt Frau Sperling den Aufseher jede Woche aufs Neue.

»Ja, natürlich«, antwortet er jedes Mal mit leiser Stimme.

Schließlich kommt der Sohn die Kellertreppe wieder herauf. Er wirft dem Aufseher einen zufriedenen Blick zu und tippt zweimal mit den Fingerspitzen auf den kleinen Käfig, den er hoch erhoben am Henkel hält. Er lässt ihn sanft sinken und beginnt, sich im Kreis zu drehen, erst langsam, dann schneller. In immer höheren Bahnen schwingt der Käfig wie ein Kindersitz am Kettenkarussell, aber die Ratte quiekt nicht. Der Sohn tippelt auf der Stelle, dreht sich um die eigene Achse, und die Ratte fliegt. Er stolpert, fast fällt er, taumelt, sucht sein Gleichgewicht. Als er wieder sicher auf beiden Beinen steht, flüstert er dem Aufseher atemlos zu: »Jetzt ist sie orientierungslos und wird den Weg zurück nicht finden.« Dann schlägt die Glastür auf und zu, und der Sohn ist weg.

Frau von Schleiß hat sich ihre gewaltige Sonnenbrille aufgesetzt, ihren Sommermantel bis unters Kinn zugeknöpft. Sie tupft sich eine Träne von der Wange und wünscht dem Aufseher ruhige, entspannte Stunden. Dann ist auch sie zur Tür hinaus. Die Zeit vergeht nicht, flucht der Aufseher in die leere Bibliothek, aber die Stille stopft ihm den Mund.

sicht mal vorbeibringen, wurde mir gesagt. Ich werde wohl Volksmaler – aber wer außer dem einfachen Volk kann einen Menschen wahrhaft zum Künstler erheben? 13.07.05 Ich arbeite draußen und vor dem Motiv, dadurch habe ich anderen Künstlern etwas voraus. Es ist erwiesen, dass diese Arbeitsweise, so sie dem persönlichen Temperament entspricht, Großes hervorbringt. Ich fühle, dass ich so arbeiten muss. Mein Bruder, er geht nicht nach draußen. Kennt er die Schönheit der beständigen Natur, frage ich mich? Mein Bild, auf dem ich versucht habe, einen Abglanz des Gartens Eden in den vergessenen Inseln von Grün im Gewerbegebiet aufzudecken, beschreibt er als Kriegsgemälde. Wie kann das sein? / Augenblicklich befinde ich mich übrigens in Meißen, im historischen Kloster Sankt Afra. Morgen früh werde ich den Klosterhof zeichnen. 17.07.05 Der Russe gab mir den Auftrag, seinen Sohn auf einer Schaukel vor ihrem Teich mit dem Haushund auf dem Arm zu porträtieren. Der Sohn ist, schätze ich, um die sieben Jahre alt. Ich schlug vor, ihn zu fotografieren und nach dieser Vorlage zu arbeiten. Eine Arbeitsweise, der ich mich zu widersetzen behaupte, doch fühlte ich mich in diesem Fall außerstande, all die technischen Probleme zu bewältigen. Den Klosterhof habe ich leider versäumt zu zeichnen, worüber mich auch der Besuch des Dresdner Zwingers, einer kleinen, jedoch hinreißenden Ausstellung Jan van Eycks und die Besichtigung der Dresdner Kunstakademie nicht vollständig hinwegtrösten konnten. Nicht dass mich der Verlust des Motivs so schwer belastet hätte, nein, es war der wiederholte Beweis meiner eigenen Schwäche, der mir den schönen Ausflug nach Dresden verdarb. Festhalten muss ich jedoch, dass die offene und ehrwürdige Atmosphäre der Akademie auf mich reichlich verlockend wirkte. 20.07.05 Augenblicklich sitze ich am Fluss und genieße die Sonne. Die Zeichnung Nr. 47 soll die Aussicht auf einen modrigen Steg abbilden – möglicherweise die Vorstudie zu etwas Großem? So ging auch die Arbeit im Atelier in letzter Zeit recht locker von der Hand – die Auswirkung einer gewissen Routine, die beginnt sich durchzusetzen? Vielleicht muss ich mich dem Zugriff der Außenwelt noch stärker entziehen und mich dem Rhythmus der eigenen Arbeit restlos unterwerfen. Die Kunstbände auf dem Dachboden verstauen, die Freunde vertrösten, den Eltern schweigend begegnen – ohnehin mehr schweigen. Der Briefkontakt zu meinen Bruder als einzige Brücke ins Außen? Doch auf Antwort lässt er mich für unbestimmte Zeit warten. Wenn wir uns dann im Umfeld der Familie begegnen, dankt er mir für meinen letzten Brief, reagiert in wenigen Sätzen auf meine Zeilen, entschuldigt sich, dass ihm das Briefeschreiben unzeitgemäß vorkomme, und schlägt vor, dass wir lieber ab und zu telefonieren sollten. Aber ich gebe nicht auf und schreibe gleich am nächsten Tag, den Umschlag mit einer ausgewählten Briefmarke zierend. 25.07.05 Freitagnachmittag fuhr ich mit Daniela und ihrer Mutter zur Goya-Ausstellung nach Berlin. Sie war exorbitant gut. Es wird mich, glaube ich, in nächster Zeit in seine Richtung drängen. Zwar arbeitet er völlig anders als ich, trotzdem meine ich, mir einiges abschauen zu können, angefangen bei der Farbgebung, die von beeindruckender Entschlossenheit zeugt. Wenn der kleine Junge mit dem Vogel an der Leine ein rotes Kleid trägt, dann malt Francisco es rot. Beinahe nur rot, leicht unterlegt, jedoch ungebrochen. So federleicht gleitet sein Pinsel hierhin, dorthin, mit unbändiger Fantasie schildert er mal dies, bewundert das, verschmäht das andere. Eine spielende Leichtigkeit. Dieses große Können. So souverän müsste man – ich – sein. / Mit der Dämmerung brach ich ins Atelier auf. Ich zeichnete erst nach Goya und machte danach eine Menge Unsinn mit den Farben. Jetzt sitze ich am nahegelegenen Flussufer – diese Stimmung ist wieder da. Ich bringe nichts zustande, nur kopfloses Gekleckse auf weißem Grund. Ich versuche, etwas zu tun, und doch bleibt jede meiner Be-

wegungen das Gegenteil einer Tat: erbärmliche Zuckungen menschlichen Irrsinns. Vielleicht ist auch das notwendig. Vielleicht wird
sich dieser Abgrund als die Stufe zu etwas Höherem erweisen. Aber
es verlangt mich nach Überlegung, nach tieferer Durchdringung.
Es hilft wohl nichts: Der Weg führt zum Öl. Erst das Öl wird mich
zwingen, zu lernen. Endlich, hoffentlich. 05.08.05 Nach dem ver-
soffenen Computerwochenende mit Markus kehrte ich gestern ins
Atelier zurück. Wieder schwach geworden. Wieder dem destrukti-
ven Trieb nachgegeben. Das Telefon klingelte, aber ich hob nicht
ab. / Die zwei Hüte, ich malte endlich in Öl, sind beendet und nicht
allzu schlecht geworden. Ich brachte es wahrhaft fertig, einige meiner Hoffnungen zu erfüllen. Ich überlegte, was ich tat. Oder besser:
Ich rang und kämpfte wieder mehr. / Gestern fing ich zwei Barsche,
die ich sogleich einfror. 11.08.05 Ich fuhr ins Atelier, fertigte einen
Rahmen und rieb mir ein Weiß an. / Am Samstag ist die Eröffnung
von Monet und Camille. Ich werde der Einführung beiwohnen,
dann die Ausstellung ansehen, dann ins Atelier: für das ganze Wo-
chenende. / Wenn ich in Öl arbeite, muss ich nachdenken – das ist
gut. / Der Zivildienst im Krankenhaus raubt mir meine Zeit, doch
ich denke, nicht meine Nerven. 13.08.05 Die Zeichnung Nr. 128,
mit dem bezeichnenden Titel »Happy Hour«, beschreibt das Wo-
chenende zahlloser Abiturienten. Ich kann schwer sagen, wie ich
zu diesem Lebensstil stehe. Vielleicht ist er eine Zeit lang gut und
richtig, wahrscheinlicher ist jedoch, dass alle diese Menschen den
ersten Zug ins bewusste Leben verpassen werden. 14.08.05 Direkt
nach der Arbeit fuhr ich zur Eröffnung. Es war schön, den Direktor
sprechen zu hören. Er ist mir sympathisch. Nach den üblichen Er-
läuterungen und dem Auftritt eines Tanztheaters war die Ausstellung für Mitglieder bis 22 Uhr geöffnet. Ich freute mich derartig
auf Renoirs Lise mit Sonnenschirm wie selten auf ein Bild. Die
Ausstellung war einfach wunderbar. Ich muss der Kunsthalle mein

Kompliment machen. Noch zutiefst beherrscht vom Rausch trieb es mich um 20 Uhr ins Atelier, um eine erste Studie der Sonnenblumen zu vollenden. / Die Ölfarbe kennenlernen, darum geht es jetzt wohl. / Es ist Viertel eins. Die Nacht ruht drückend auf mir. Mein Bruder rief an, und ich hob ab. Er fragte, was ich male, und ich antwortete: Sonnenblumen vor der Schwärze der Nacht. Ich glaube, er war betrunken. Er sagte, mal doch lieber die Blumen des Bösen, und lachte. Wir verabschiedeten uns mit brüderlichen Floskeln – als wären wir einander fremd. Ich legte mich auf das Klappbett, das mir Ulrich für das Atelier vermacht hat. Seine Freundin hatte mir durch ihn ausrichten lassen, dass sie ein Bildnis ihrer mit Essen verschmierten Enkelin in Auftrag geben will. Wer bin ich? 15.08.05 Ein halbes Hähnchen gefrühstückt. Ich brauche Kraft. Der Schaffensprozess beginnt mich aufzuzehren. Ich brauche Futter, Lebensfutter. Das Selbstporträt im Gartenstuhl führte mir meine erschreckende Erschlaffung vor Augen. / Sonnenblumen glatt zu malen, wenn man die Werke Van Goghs kennt, erscheint: unmöglich. 23.08.05 Endlich wieder ein wahrer Kampf: das komplexe Muster einer Wolldecke wiederzugeben. Wie viel Detail? Wie viel Übereinstimmung? Wie viel Hinzugabe? Letzten Endes tat ich, was ich so vermisste. Ich überlegte, bis ich den Weg zur Lösung vor mir sah, und beschritt ihn, erfolgreich. Leuchtendes Kadmiumgelb vor tiefem Thaloblau – was für eine Kraft. / Stillleben sind derzeit das Einzige, was ich mache. Doch ich befinde mich auf der Suche nach einer geeigneten Gaslampe, sodass ich auch im Dunkeln draußen malen kann. An Van Goghs Sternenhimmel anknüpfen … Im Umfeld der Parkanlagen finden sich traumhafte Nachtmotive. Schwarze Wege im matten Schein der Laternen. Der Mond über den Baumkronen: der wachsame Blick eines blassen Auges. / Ich ziehe in Erwägung, nach Düsseldorf zu gehen. Die Akademie sei sich des Handwerks und einer langen Tradition bewusst. Eine Akademie also, wo weniger urbane Rauminstallationen in den Gängen stehen. / Mein bester Freund ist nun tatsächlich nach Freiberg gezogen. 26.08.05 Das Auftragsbildnis der Enkelin ist fertiggestellt und gut gelungen, denke ich. Zum ersten Mal habe ich Fleisch in Öl gemalt. / Ein wichtiges Wort an mich selbst: mehr zeichnen! Ich fange gleich damit an. / Gerade frage ich mich, was ich wohl kann. Kann ich viel oder wenig? Der Kampf einer Peinlichkeit. Soll ich es aussprechen oder besser nicht? Naivität, Träumerei, Optimismus: Ich trage das nötige Temperament in mir. Ich behaupte, ich werde gut sein. Ich behaupte, ich habe mir schon jetzt erste Grundlagen erarbeitet. Ich behaupte. / Unangemeldet hat mich mein Bruder besucht. Ich hatte gerade beschlossen, einmal mehr nach Goya zu zeichnen, als er krachend ins Atelier trat. Er riss mich aus meinen Gedanken, glücklicherweise, denn darunter waren Selbstzerfleischungen. Er blickte sich um, ich erwartete sein Urteil. Mein Werk war, wortwörtlich, an die Wand gestellt. Er fragte, wie es mir gehe. Dieser Mensch. Er betrachtete eine Skizze, die am Boden zu seinen Füßen lag, und begann mir von einem Text zu erzählen, an dem er derzeit sitze. Es geht wohl um einen Kriegsverbrecher. Ich hörte nur nebenbei zu, hatte ich doch die noch feuchten Sonnenblumen vor Augen. Und trotzdem blieb etwas von seiner Rede haften, woraus sich die vage Vision eines möglichen Bilderzyklus ergab. Dieser Bruder, kaum der Adoleszenz entschlüpft, wirft er sich in den Strudel der Geschichte. Weiß er denn nicht, dass einem Malstrom nur als Leichnam zu entkommen ist? 11.09.05 Ich erfuhr von der Leipziger Kunsthochschule und informierte mich. Ein Grundlagenstudium zu Handwerk und Technik wie auch Kurse in Philosophie kämen mir gelegen. So ist die Entscheidung gefallen: Leipzig. / Manchmal erscheint alles so klar, man spürt den Raum, die Perspektive wird greifbar wie in einem Zeichentrickfilm. Dieser Eindruck von Klarheit steht und fällt mit dem Licht, es vermag alles zu beeinflussen. 22.09.05 Ich sondiere meine bisherigen Arbeiten. Auch Taugliches ist darunter. Aber wie soll ich auswählen, wie mich präsentieren? Die Mappe für die Leipziger Hochschule muss zeigen, was ich bereits erreicht habe: dass ich auf dem richtigen Weg bin. / Die Tage im Krankenhaus haben mich ausgelaugt, wie soll ich mich konzentrieren? Zeit für Erholung bleibt nicht. Ich muss zeichnen, ich darf nicht nachlässig werden. Das Zeichnen ist mir wie Denken. Allein über die Zeichnung kommt die Einsicht. / Herr Lossow und Herr Metzger haben für nächste Woche ihren Besuch angemeldet, um sich die Arbeiten anzusehen, ich bin sehr gespannt. 23.09.05 Ich finde es richtig, die Dinge fest und grob zu behandeln, mit dem Holzhammer gewissermaßen. Doch können sich Gegebenheiten, durch gesellschaftliche Schwingungen beispielsweise, wandeln. So ist der Holzhammer heutzutage zum sublimen Präzisionsinstrument geraten. Jedoch scheint mir, dass dies niemand bemerkt. Ein Künstler, der einen abgehackten Pimmel im Pisspott darstellt, meint, in seiner Hand den geliebten Holzhammer zu wissen, doch es ist die weiße Plastikgabel, die er so krampfhaft umklammert. 29.09.05 Ich muss gestehen, ich stecke fest. Schwach bin ich und ohne Drang. Meine ohnehin knapp bemessene Zeit verkommt wie auf dem Herd vergessene Suppe. Es mag am Zivildienst liegen, doch auch die Mappe beginnt unseligen Druck auszuüben. Hinzu kommen die frühe Dunkelheit, anhaltende Konzeptlosigkeit und lähmende Faulheit. All diese Elemente treiben mich in eine ätzende Produktivitätsarmut. Was bleibt, ist einzig die sprichwörtliche Flucht nach vorn. 30.09.05 Ich fuhr ins Atelier. Ich wollte wieder anpacken. Voller Schaffensdrang ließ ich mich von der Palette hinreißen, kein Farbton blieb ungenutzt, so verlor ich die Kontrolle. Innerhalb kürzester Zeit war ein angefangenes Selbstporträt komplett ruiniert. Doch während ich auf dieses verwüstete Schlachtfeld starrte, erwuchs in mir das Gefühl: jetzt erst recht. Was musste

Vincent nicht alles durchstehen, und wie er es meisterte! 01.10.05
Ich entwarf Lebenspläne. Ich schuf mir die Idee eines Sinns. Und die
Menschen meines Umfelds bestätigten mich darin und schenkten
mir Zuversicht. Aber was kann ich wirklich? Kann ich etwas darstellen, sodass ich damit zufrieden bin? Manchmal ja. 06.10.05 Gert
Lossow und Merten Metzger, Kunstlehrer meiner früheren Schule,
warfen einen Blick auf den bisherigen Stand der Mappe. Grundlagen seien vorhanden. Zeichnerisches Talent schlage sich nieder. In
der Zusammenstellung der Arbeiten aber habe ich mich offenbar
durch Daniela unnötig irritieren lassen. Wie auch ich zuerst vermu-
tet hatte, ist die lockere Arbeit besser geeignet, zeichnerische Qua-
litäten aufzuzeigen. Die beiden ermutigten mich, in die entsprechen-
de Richtung voranzuschreiten. Unzufrieden äußerten sie sich über
eine gewisse Beliebigkeit innerhalb meiner Arbeiten. Es fehle der
größere Zusammenhang. Ein Thema könne helfen, schlugen sie
vor, das Krankenhaus biete doch eigentlich die Möglichkeit, einige
persönliche Erfahrungen mit einem allgemein interessanten, weil
gesellschaftlich relevanten, Thema zu verknüpfen. Das Krankenhaus also. Was ist es für ein Ort? Ein in sich geschlossenes System,
in welchem der Krankenhauszyklus sich vollzieht. Menschen nehmen ihre Plätze ein: Arzt, Patient, Angehöriger, Hauswirtschaftler,
Sozialpädagogen etc. Wobei jede Gruppe den täglichen Krankenhauszyklus auf unterschiedliche Art und Weise durchlebt. 07.10.05
Über das Krankenhaus. (Fortsetzung). Die Teilnehmer am Krankenhauszyklus sind zweifelsohne eine Gemeinschaft, vereint durch
ihren Krankenhausaufenthalt. Es herrscht dort eine sonderbare
Stimmung, völlig anders als außerhalb des Krankenhauses. Man
grüßt sich, vereint durch die Architektur, die Funktionalität der Ins-
titution, durch die Aura. Das Krankenhaus steht isoliert in der Stadt.
Andere Regeln gelten dort. Eine Insel. Alte Gewohnheiten verändern sich. Ein philosophisches Moment drängt sich auf. Man muss

innehalten, reflektieren. / Mein Bruder rief an. Er wollte wissen, wieso ich schon länger nicht mehr geschrieben habe. Das ganze Leben scheint ihm ein Spaß zu sein. Ich erklärte, dass sich die Ereignisse überschlagen und die Arbeit mich voll und ganz in Anspruch nehme, (nicht die Arbeit des Zivildienstes). Ich kam ins Reden, und er unterbrach mich nicht. Ich sprach von Leipzig, von der Kunst, vom Krankenhaus. Ich trug einige meiner Gedanken vor. Er fragte, ob ich dies und das gelesen habe, wenn nicht, meinte er, solle ich es unbedingt tun. Auf einem Zettel notierte ich einige der Titel, die er mir nannte. Ich zerknüllte den Zettel und warf ihn zu den verworfenen Skizzen. Ich rief: Ich suche die Erfahrung, nicht die Belehrung. Er lachte nicht, er schwieg. 23.10.05 Vor etwa acht Tagen schaute eine Professorin der örtlichen Volkshochschule meine Mappe durch und zeigte sich ausgesprochen positiv überrascht. Sie riet mir, die akademischen Ansätze gänzlich zu verbannen und stattdessen freie Lösungen einzubringen. Sie sprach mir eine überdurchschnittliche Begabung zu, was mich, ich gestehe, durchaus aufmunterte. / Die Krankenhausinnenräume erweisen sich als unerwartet verzwickt. 02.11.06 Ich merke, wie ich an eine Schwelle trete. Ich gerate in die Nähe einer unabsehbaren Erkenntnis. 04.11.06 Die heutige Arbeit im Atelier brachte mich wieder etwas weiter voran. Das Genie, die eigene Person, muss erschaffen werden, kurvig, beulig, kantig, nicht technisch, niemals statisch. Es muss geboren werden. 05.11.06 In Vorbereitung auf die unerfüllte Suche meines Lebens spicke ich dasselbe mit Disziplinarverfahren. Morgens kalt duschen, keine persönliche Zeit vertrödeln, abends Liegestütze, nur so viel schlafen wie nötig. Kunst duldet keinen Aufschub. Kunst duldet nichts außer sich selbst. 12.11.06 Zur Mappe: Meine Mappe hat den Anspruch, über die analytische Beobachtung hinaus, Räume begehbar zu machen. Meiner Auffassung nach sollte die Entwicklung meiner Malerei nach dem Prinzip eines Pendels fortschreiten.

Auf der einen Seite stehen Technisierung und Analyse, auf der andern Rausch und die Kraft des Zufalls. Durch die Schwungbewegung müsste das Pendel jedes Mal etwas vom einen Bereich in den entgegengesetzten hinübertragen. Das verfluchte Gleichnis hinkt, aber dennoch: Eine neue Qualität muss geboren werden, die der Kunst zu ihrem Recht verhilft. / In den Morgenstunden nahm ich den Zug nach Leipzig. Die Hochschule für Grafik und Buchkunst gab ihren Tag der offenen Tür. Neugierige Blicke der Bewerber trafen aufeinander. Ich wurde zu einer inoffziellen Konsultation bei Professor Meller eingeladen. In seinem Büro lauschte ich zuerst dem Gespräch zwischen ihm und einem hoffnungsvollen Bewerber, dessen Mappe auf dem großen Tisch ausgebreitet lag: Ein Wust an Zeichnungen, Computerdrucken, Farbklecksen – alles Quatsch, dachte ich mir. Der Professor argumentierte ähnlich. Als ich an der Reihe war und er meine Sachen durchsah, trat ein Student hinzu. Beiden gefiel, was ich hatte. Selbst einige Kritteleien konnten ihr insgesamt positives Urteil nicht trüben. Später dann die offizielle Mappenkonsultation durch Professorin Ziegler. Auch ihr gefiel meine Arbeit, wobei sie jedoch meine Ansätze missverstand. Sie dachte, ich wäre jemand, der sich zu häufig auf der Seite der Zufälligkeit aufhalte. Ich dementierte und beschrieb meine Vorgehensweise. Sie schien zu verstehen. Sie sagte, ich sei unter den besten vier der vierzehn, die sie heute aufgesucht hatten. Dennoch bedauerte ich, dass meine Mappe einen Eindruck machte, den ich so nicht intendiert hatte – habe ich etwas übersehen? Zuletzt sprach ich mit Professor Eberich. Er redete viel und schnell und fand gut, was er sah. Er riet mir, ein Skizzenbuch nachzusenden. Er meinte, ich dürfe hoffen. 15.01.06 Heute sah ich Paula Modersohn-Becker in der Böttcherstraße und war überwältigt. Unendliche Schönheit, unermessliche Liebe zur Landschaft, ich fühlte mich ihr sehr verbunden. / Ich fing einen Hecht und wollte ihn vom Haken lösen, ihm sein Leben schenken, doch ich spürte, es war nicht mein Recht. Ich tötete ihn sachgemäß und legte ihn zu den Barschen. 16.01.06 Ich schrieb meinem Bruder. Ich wollte alles sagen. Es blieb bei einer Notiz: Unbändige Lust, alles von mir zu weisen. Einzig Kämpfer der Kunst zu sein. 18.01.06 Ich fürchte, aus dem Tritt zu geraten. Zwei Stunden kämpfte ich heute mit einem Stillleben meines Waschbeckens. Schlussendlich zerriss ich alles. Meine Stimmungen wechseln mitunter schneller als Ebbe und Flut. / Ich nehme mir vor: Immer-den-Block-zur-Hand! / Das Thema meiner Physiognomie sollte ich wieder aufnehmen, solche Gemälde langweilen mich nicht. / Der letzte Satz zeigt, wie weit es gekommen ist: Schuld bin ICH! 02.02.06 Ich lese dieses Buch und staune. Ich lese nur Gejammer, schlechte Nachrichten, unerfüllte Vorsätze. Dazwischen Inseln des Schaffens. Heute fühle ich mich insgesamt gut. Die lange Zeit bis zum Studienbeginn erscheint vielversprechend. Ich denke, ich muss zurück zum undefinierten Grund. Ein Neustart. Neue Wege finden. 08.02.06 Fernöstliche Kontemplation.

MARSCHIEREN DURCH
DIE PARKANLAGE

Allerlei Bösewichter haben die Mülltonnen in Brand gesetzt. Über den lodernden Flammen steigt pechschwarzer Qualm auf – die reinste Schande, wie Herr Naumann leise vor sich hin spricht, während er das Küchenfenster schließt. Der Nachbar lehnt in der Tür zum Hinterhof und blickt selbstvergessen den emporsteigenden Rauchsäulen hinterher. Seine Hand liegt auf dem Kopf der kleinen Fini, die selbst schon beim Kokeln erwischt wurde und angesichts des Feuers hellauf begeistert ist. Aus größerer Ferne beobachtet auch mein Bruder die schwarzen Fäden, die von der Erde her gen Himmel treiben. Er zählt insgesamt vierzehn. Wie dürre Baumstämme, deren Kronen sich zu einem wuchtigen Wald vereinen, überlegt er und fertigt im Geist eine Skizze an. Zur gleichen Zeit bleibt Frau Sperling, die mit ihrem Sohn auf dem Weg zu einer der wieder ins Leben gerufenen revolutionären Montagsdemonstrationen ist, an einer Kreuzung stehen, um dieses langbeinige Rieseninsekt, das sich zwischen den Häusern erhoben hat, in Augenschein zu nehmen, und lässt mehrere Grünzeiten verstreichen. Erst als ihr Sohn, der die verrückten Fantasien seiner Mutter nicht mehr hören kann, ihr einen deutlichen Schups verpasst, stolpert sie voran. Auch eine Gruppe enthusiastischer Touristen, die sich gerade vor dem Bahnhofsgebäude versammelt hat, zählt auf, was alles in diesem außergewöhnlichen Wolkengebilde zu erkennen ist: ein Wal, dem Beine wachsen, ein Fragezeichen, ein fallender Schleier, ein Heuschreckenschwarm, ein schwarzes Ödem. Gertrud fällt das Geschehen am Himmel erst auf, als sie es in einer Pfütze entdeckt, in der sich der dunkle Krake spiegelt. Im Schreck greift sie nach Stefanies Hand. Stefanie aber ist vorausgeeilt. Sie hat bereits den Fuß auf die Eingangsstufe des Wohnheims gesetzt, in dessen offener Tür Herr Guth sie ungeduldig erwartet. Vom finsteren Gebilde hoch zu ihren Köpfen nehmen die beiden keine Notiz. Ein paar Straßen weiter ist Frau von Schleiß voller Hoffnung auf dem Heimweg. Ein rascher Blick hatte ihr genügt, die monströse Hieroglyphe zu entziffern: Alles wird gut. Fanta aber sitzt daheim am Küchentisch und ist mit den Wolken, die ihr Gemüt verdüstern, mehr als genug beschäftigt. Der Aufseher, tief im Bauch der Bibliothek, weiß von nichts.

Die kleine blonde Fini, die lieber im Park ist als irgendwo sonst. Die beinahe jeden erkennt, der auch nur zum zweiten Mal den Park betritt. Der es auffällt, wenn jemand ungewöhnlich eilig seinen Hund ausführt. Der nicht entgehen würde, wenn ein grauhaariger Herr von einem Tag auf den anderen nur noch allein auf der Parkbank sitzt. Die einmal ein weinendes Kind, das sich verlaufen hatte, nach Hause brachte, einen Fünfzigerschein als Finderlohn entgegennahm, daraus ein Schiffchen faltete und es am Flussufer aufs Wasser setzte. Die kleine blonde Fini, die den Biberratten Namen gibt und die verlassenen Picknickwiesen nach Essensresten absucht, um ihre Freunde zu füttern. Die im letzten Sommer schlammverschmiert in der alten Eiche herumkletterte, sodass einige Spaziergänger schworen, einen Menschenaffen zwischen den Ästen gesehen zu haben. Diese kleine blonde Fini, die sich auch nachts noch im Dickicht zurechtfindet und erst herauskommt, wenn ihre Mutter laut schreiend den Waldrand nach ihr absucht. Die ganze Tage damit verbringt, im höchsten Baum auf dem letzten sicheren Ast zu sitzen und Ausschau zu halten. Die so manches geheime Gespräch belauscht, wenn sie sich im Gebüsch hinter den abgelegenen Parkbänken versteckt. Die lange über alles, was sie hört und sieht, nachdenkt. Die auch die Eichhörnchen kennt, ihre Verstecke und Nester. Die die Kinder auf dem Spielplatz unauffällig nach ihren Eltern ausfragt, beim Kampeln gegen die Schwachen verliert und gegen die Starken gewinnt. Die weiß, wie weit ein Steinwurf reicht. Die jetzt schon spürt, dass sie nicht ewig ein Kind bleiben wird. Die sucht und nicht findet. Diese kleine blonde Fini, die uns Sorgen bereitet.

Herr Naumann schämt sich seiner Gedanken, als er auf der Treppe dem Nachbarn begegnet. Er hat zwar schon gehört, dass ein Schwarzer zugezogen ist, aber solch einem großen schwarzen Mann hat er seinen Lebtag nicht gegenübergestanden. Was denn da los sei, ruft Herr Naumann laut und deutlich. Der Nachbar antwortet, dass die Feuerwehr endlich da sei, um den Brand der Mülltonnen zu löschen. Sie blicken sich an, und Herr Naumann würde gern noch etwas sagen, es fällt ihm aber nichts ein. Der Nachbar seufzt und murmelt einen Gruß. Herr Naumann bleibt ratlos auf den Stufen zurück. In der Linken trägt er eine Tüte Restmüll, in der Rechten eine

Tüte Verpackungen für die gelbe Tonne – er wird sie in den Mülltonnen des Nachbarhauses unterbringen müssen, was bleibt ihm anderes übrig, überlegt Herr Naumann und hofft, dass das keinen Ärger geben wird.

An einem Pfingstsonntag spaziert Fanta Hand in Hand mit ihrem Mann über die große Wiese im Park. Was für ein wunderbarer Tag, denkt sie und schwenkt ihre Sandalen, die sie in der Hand trägt, vor und zurück. Sie spürt die spitzen Halme an ihren Fußsohlen und zwischen den Zehen und bewundert den kräftigen Rasen, der so lückenlos die Erde bedeckt. In einer ziellosen Schlängellinie promenieren sie um die Inseln junger Menschen herum, die sich auf karierten Picknickdecken versammelt haben. Schwache Rauchsäulen steigen über den kleinen und großen Grillgeräten auf. Das Stimmengewirr vermischt sich mit dem Zwitschern unsichtbarer Vögel. Irgendwo spielt jemand Gitarre, zupft an den Saiten, als käme es gar nicht darauf an, die richtigen Töne zu treffen. Als sie an einem kleinen Mädchen vorbeikommen, das im Schneidersitz mal links, mal rechts an seinem Eis schleckt, beschließt Fanta, auch sich und ihrem Mann eine Kugel zu kaufen. In aller Ruhe machen sie sich auf den Weg in Richtung Eiswagen, vor dem bereits eine lange Schlange wartet. Vor allem sind es plaudernde Eltern, auch einige Großeltern, wie am ergrauten Haar und der etwas ordentlicheren Kleidung zu erkennen ist. Sie unterhalten sich über die Kinder, über Neuigkeiten in der Lokalpolitik oder auch über gemeinsame Bekannte, von denen seit Langem niemand mehr etwas gehört hat.

Währenddessen versuchen sie die Kinder im Blick zu behalten: Die Kleinen rennen kreuz und quer oder verstecken sich, bis sie hinter einem Baum, einem Busch oder einem Mülleimer fröhlich kreischend wieder auftauchen. Nur ein paar Kugeln Eis können sie in ihrer Tollheit beschwichtigen. Wenn ihre Eltern von der Theke zurücktreten, bunt gefüllte Waffeln in den Händen halten und laut und klar die schön klingenden Namen ihrer Kinder rufen, dann kommen sie herbeigesaust.

Fanta und ihr Mann stellen sich ans Ende der Schlange. Sofort versucht Fanta, sich über die Köpfe der vor ihr Wartenden zu recken, um einen Blick auf die Tafel zu werfen, die die angebotenen Sorten auflistet. Doch sie ist zu klein und kann nur die obersten zwei entziffern: Vanille, Schokolade. Sie drückt die schwitzende Hand ihres Mannes, der sicherlich mehr erkennen könnte, aber er sieht nur herab zu ihr und sagt: Zieh dir besser die Schuhe wieder an. Tatsächlich glitzern einige Glassplitter am Boden. Schnell und beiläufig schlüpft Fanta in ihre Sandalen, bückt sich, um die Lederschnüre um ihre Knöchel zu legen und zu Schleifen zu binden. Als sie sich wieder aufrichtet, hat sich die Frau, die vor ihr in der Reihe steht, umgedreht, sodass Fanta direkt in ihre weit aufgerissenen Augen blickt. Die Frau winkt jemandem, der weit entfernt sein muss, und ruft etwas, das Fanta nicht versteht. Fanta weicht einen Schritt zurück, da erst wird sie von der Frau bemerkt: ein flüchtiges Lächeln, schon wendet sich die Frau wieder ihrem Mann, Freund oder Partner zu. Irgendwo bellt ein Hund. Ein Kind stolpert und weint. Der Eisverkäufer wischt drei Sorten auf einmal von der Liste. Fanta zieht ihren Mann aus der Schlange, der ihr ohne zu zögern folgt. Entschieden laufen sie einige Schritte, dann wird Fanta langsamer, bis sie stehen bleibt. Sie sucht unschlüssig nach einer Bank oder irgendeinem schönen Plätzchen, wie sie sagt. Ihr Mann greift ihre Hand fester und schlägt den Weg nach Hause ein.

Stefanie will nicht, dass Herr Guth immer schon wartet, wenn sie sich nach der Arbeit auf ein Gläschen treffen. Sie will nicht, dass er sich nach der Liebe sofort aus dem Bett wälzt, um ihre Sachen aufzulesen, und sie fragt, was sie am nächsten Tag wieder tragen möchte und was er zur Schmutzwäsche werfen darf. Sie will nicht, dass er an ihrer Kleidung riecht, wenn sie ihm darauf nicht antwortet. Sie will nicht, dass er sagt, das liege nun einmal in seiner Natur. Sie will nicht, dass Herr Guth bereits die Küche wieder aufräumt, während sie noch kocht, oder sich an den Abwasch macht, obwohl noch nicht alle aufgegessen haben. Sie will nicht, dass Herr Guth ihrer Tochter erklärt, mit welcher Hand das Messer und mit welcher die Gabel zu halten ist. Sie will nicht, dass er ihr beim Spielen zusieht, um sie dann darauf hinzuweisen: Wie sie es noch besser machen könnte. Sie will nicht, dass er ihre Tochter zuallererst ins Bad schickt, wenn sie vom Spielen im Park zurück ist. Sie will nicht, dass Herr Guth immer einen kühlen Kopf bewahrt. Sie will nicht, dass es ihn einfach entspannt, den Küchenboden zu wischen. Sie will nicht vom Lärm des Staubsaugers geweckt werden. Sie will nicht, dass er sich schon am Mittwoch auf das große Putzen am Samstag freut. Sie will nicht, dass der Frühjahrsputz aus langer Hand geplant sein will. Sie will nicht, dass er ihre Socken sortiert und die Paare ineinander krempelt. Sie will nicht, dass Fettflecken auf der Fensterscheibe ihn nervös machen. Sie will nicht, dass er sich die Zahnzwischenräume zusätzlich zur Zahnseide auch mit einer winzigen Bürste putzt, die extra dafür gedacht ist. Sie will nicht, dass Körperhygiene ihm nun einmal wichtig ist. Sie will nicht, dass er einfach nicht aus seiner Haut kann, wie er kopfschüttelnd erklärt. Sie will nicht, dass er auf ein neues Bügeleisen spart, weil ihn das alte nicht mehr so recht zufriedenstellt. Sie will nicht, dass er verschiedene Putzmittel testet und sich darüber Notizen macht. Sie will nicht, dass er gerne in seine Plastikhandschuhe schlüpft, wenn er sich wieder mal ums stille

Örtchen kümmern möchte. Sie will nicht, dass er ihr interessiert beim Haarebürsten zusieht. Sie will nicht, dass er davon überzeugt ist, im Grunde alles richtig zu machen. Sie will nicht, dass er sagt, etwas mehr Ordnung täte auch ihr gut. Sie will nicht, dass er drei Tage hintereinander um fünf Uhr früh aufsteht, um die Fenster zu putzen. Sie will nicht, dass er ein Handtuch neben dem Bett bereithält, falls einer von ihnen ins Schwitzen gerät. Sie will nicht, dass es bei ihm kein Zwang ist, sondern die reine Lust, wie er immer wieder beteuert. Sie will nicht, dass er ihr all ihre Fehler aufzählt. Sie will nicht, dass er unauffällig an seinen Fingerspitzen riecht.

Die kleine Fini saß auf einer Bank im Prater und hüllte sich in die gute, bergende Wärme des Apriltages. Einer süßen, niegekannten, fremden Ohnmacht gab sie sich willig hin wie einer Melodie. Das Blut hämmerte schwer und schnell gegen die dünne Haut der Pulse und Schläfen. Das blasse Grün der Bäume und Wiesen breitete sich aus über Kinderwagen, Steinen und Bänken. Alles Sichtbare floß ineinander, als blickte man aus einem sehr schnell fahrenden Zug in eine sehr grünende Welt. Es dauerte einen ewigen Augenblick. Dann gewannen Menschen und Gegenstände der Umgebung ihre Konturen wieder, eigene Gestalt und eigenes Leben, Gang und Haltung, besonderes Merkmal und vertrautes Gesicht. Aber die Ohnmacht schwang noch nach, singend im Blut, mit ihm kreisend, füllte sie die Adern, den ganzen Körper wie ein Choral eine Kirche. Die Leere sang, schwer waren die Glieder, aber leicht und schwebend das Leben, Flügel bekam das Herz wie in der Stunde besiegten Sterbens. Fernab flatterten schwarze Ängste nieder, kein Dunkel drohte mehr, es wartete keine Gewalt, keine Furcht zuckte auf am weiten, glücklichen Horizont eines wunderbaren Tags. Fini konnte das langsame Pochen ihres Herzens hören, tröstend war diese unmittelbare Nähe des eigenen warmen Lebens, zum erstenmal und überraschend waren sie und ihr Herz merkbar allein, und sein Pochen wie eine langsam tropfende, tröstliche Antwort auf angstvoll verschwiegene Fragen. Die Brust war leicht wie kurz nach einer ausgeschütteten Qual, und sorglich gebettet in eine beglückende Wehmut – als würde man weinen, als löste sich eine schmerzlich gekrampfte Fessel nach langen Jahren – endlich endlich.

(Joseph Roth, *Der blinde Spiegel*)

Am Morgen liest Herr Naumann Zeitung und hört die Nachrichten im Radio. Er trinkt schwarzen Tee und isst zwei Scheiben Brot. Eine Stunde dauert die tägliche Runde. Dann ist es Zeit, das Mittagessen zu kochen, was ihm immer noch Mühe bereitet. Im Radio hört er wieder die Nachrichten, die er später im Fernsehen ein fünftes oder sechstes Mal sehen wird. Seine Kinder können ihn nicht trösten. Sie erinnern ihn an seine Frau, ihre Mutter. Er erinnert sie an ihre Mutter, seine Frau, Frau Naumann. Sie fehlt überall. Sie hat eine Leerstelle hinterlassen, die nicht zu füllen ist, die im Gegenteil immer weiter um sich greift. Irgendwann wird die gesamte Familie Naumann von ihr verschlungen sein, er weiß es. Sie wollen es nicht wahrhaben. Sie wehren sich dagegen, gegen die Traurigkeit, die Kinder, und besuchen ihren Vater, Herrn Naumann, nie. Auch er besucht sie nicht. Herr Naumann will die Leere. Aber sein Glaube hält ihn im Leben. Er wird traurig sein und trauern, ihr zu Liebe, bis an sein Ende, sein natürliches Ende, bis zu seinem Unfalltod, seiner tödlichen Krankheit, seinem Hirnschlag, bis zur letzten Schwäche, so schwört sich Herr Naumann. Dann wird er seinen Kindern ein letztes Mal das Bild der Mutter vor Augen rufen, sie, die sich aufgeopfert hat, mit all ihrer Liebe und Fürsorge, für das Wohl der Familie, das Glück ihrer Kinder und ihres Mannes, Herrn Naumanns Glück, sie, die als Erste aus dem Leben gegangen ist, zum Schluss friedlich sich gefügt hat, sie, die immer da sein wollte, für alle, die ihr zur Obhut gegeben waren, ihre Kinder, ihr guter Mann. Herr Naumann kann nicht loslassen, wie es seine Kinder von ihm fordern. Für seine Traurigkeit findet er keine Worte. Er versteht nicht, warum das alles. Leise flüstert er ins stille Zimmer: Warum? Er wartet auf keine Antwort. Er weiß, dass es keine Erklärungen geben wird. Er fühlt nichts als Traurigkeit, ein steter Strom an Gefühl, immer. Traurigkeit ist die Welt, durch die er sich bewegt. Er trottet die Gehsteige entlang und erledigt seine Aufgaben. Er wählt aus, er nimmt aus den Regalen, er bezahlt, er trägt nach Hause, er packt aus. Er hört die Nachrichten, liest die Nachrichten, schaut die Nachrichten. Er spaziert die tägliche Runde. Er wäscht seine Hosen, seine Hemden, seine Unterhosen, seine Socken, seine Unterhemden. Schritt für Schritt arbeitet er sich voran, durch die Traurigkeit, durch ein Gebirge an Traurigkeit. Am anderen Ende, weiß er, wartet der Tod. Warum, fragt er leise, wenn er nicht aufpasst, wenn er seufzt, innehält oder träumt. Sein Glaube, sagt er sich. Er habe diesen Glauben, immer schon, sagt er sich. Der Glaube sagt, gib nicht auf, sonst war alles umsonst. Herr Naumann wacht auf, setzt sich auf, zieht sich aus, duscht, rubbelt sich ab, zieht sich an. Eine frische Unterhose, ein frisches Unterhemd, frische Socken, Hemd und Hose vom Vortag. Er ruft seine Kinder an, klagt nicht, aber spricht von der Traurigkeit, immerzu, er ist traurig. Jeder Tag ist gleich, voller Traurigkeit, keine Höhen und keine Tiefen in dieser Traurigkeit. Es bleibt dieselbe Traurigkeit, mit der er jeden Handgriff tut. Die Tage vergehen wie im Flug, ein Monat Traurigkeit, ein Jahr Traurigkeit, zehn Jahre Traurigkeit, es gibt keine Veränderungen, die Zeit ist lang, kurz oder ewig, am Ende, hofft Herr Naumann, wartet der Tod.

Dreimal rufe ich den Nachbarn, aber er ist untergetaucht und hört nichts mehr. Gertud hockt an seiner Wanne wie an einem offenen Sarg und zählt die Sekunden. Ich plaudere mit seiner Frau Fanta, erzähle, dass ich manchmal die alten Zeiten vermisse, und frage sie, was sie ausgerechnet in diese triste Kleinstadt verschlagen hat. Mein Bruder fährt mir ins Wort, weil ich sie leichthin auf etwas anspreche, das vielleicht an ihre dunkelsten Abgründe rührt. Böse funkeln seine Augen, doch ich wittere eine Geschichte, die ich in fehlerfreiem Deutsch erzählen will. Da tritt Gertud auf die Schwelle zur Küche. »Er bleibt zu lange unter Wasser, das kann nichts Gutes bedeuten«, sorgt sie sich. Mein Bruder und ich starren sie an, Fanta aber starrt auf die Tischplatte und schweigt derart eindringlich, dass auch wir lieber den Mund halten. Vielleicht bin ich nicht der einzige, der in diesem Moment beginnt, die Sekunden zu zählen. Ich zähle von zwanzig bis dreißig hinauf, da erst erreichen uns ein lautes Plätschern und das zischende Luftholen des Nachbarn. Gertud atmet auf, vollends erleichtert, und flitzt zurück. Was sie mit ihm zu schaffen habe, will mein Bruder wissen, aber ich bin immer noch ganz verhext von Fantas Schweigen, sodass ich ihm die Antwort nicht geben kann.

DER FLASCHENSAMMLER

Allerlei Bösewichter legen je einen Würfel Kohlenanzünder auf die vier Autoreifen eines silbernen Familienwagens und rennen weg. Ihr Getrampel reißt mich aus meinen Träumen. Ich öffne die Augen, nur einen Spalt, da sehe ich schon, dass Rauch aufsteigt, in dünnen pechschwarzen Fäden. Ich müsste sofort, wie jeder normale Mensch, die zuständigen Behörden alarmieren, aber ich habe kein Telefon und nur wenige Münzen, auf die ich nicht verzichten kann. Ohnehin wurde auch die letzte intakte Telefonzelle längst abtransportiert. Es tut mir nicht leid um den unwiederbringlichen Schaden. Auch nicht um die Kinder auf Abwegen oder die verletzten Gefühle des Autoinhabers. Allein die Umweltzerstörung, die ich mir selbst so oft verboten habe, tut im Herzen weh. Das Feuer verwandelt noch die hässlichsten Dinge für kurze Momente in Schönes: Ein Autoreifen brennt als leuchtender Feuerkranz, ein ausgedienter Korbsessel wird zum Flammenthron, ein brennendes Klavier ist wahre Dichtung, aus einem brennenden Reihenhaus winken beseelte Flammen den angststarren Nachbarn zu, ein brennender Mensch kann in den Menschen ein Feuer entfachen. Als Kind habe ich es geliebt, Kleinigkeiten zu verbrennen, ein zerknülltes Papiertaschentuch, einen Rest Pappe oder ein kleines Männlein aus Plastik, das aber nur ein einziges Mal. Denn da wurde mir gesagt: Nein, du zerstörst nicht allein das, was du verbrennst, sondern auch den Himmel und die Luft darunter. Die Schönheit des dahinschmelzenden Puppenkopfes, dessen silbrig schimmernde, schwarze Augenpunkte mir aus den bunt züngelnden Flammen entgegenstarrten, wurde in einem Eimer grauen Wischwassers ausgelöscht. Heute aber ist es dafür zu spät. Schwarzer, stinkender Rauch füllt die Straßenschlucht, und so stehe ich auf, schleiche den Bürgersteig hinab, bis ich das Spektakel vor Augen habe. Der Wagen wird nicht explodieren, das weiß ich, trotzdem bleibt die Hoffnung, dass die Flammen ihren Weg in den Tank finden könnten. Während ich mich gegen eine Hauswand lehne, Ausschau halte, ob jemand seinen Kopf zum Fenster herausstreckt oder die Feuerwehr lautlos, doch mit glitzernden Warnleuchten in die nächtlich verlassene Kreuzung einbiegt, fällt mir wieder jener Tag in meiner Kindheit ein, als ein Filmteam in der Stadt war und ein Auto direkt vor unserer Schule zur Explosion brachte. Die Straße war gesperrt, Schutzmänner schützten, und wir alle warteten gespannt auf den kurzen Augenblick, der mir für immer in Erinnerung geblieben ist. Irgendwann wird er mir in einem heruntergekommenen Kinosaal wiederbegegnen, so stelle ich es mir vor. Eine aufrechte Explosion, auf der Leinwand zurück in die Wirklichkeit projiziert. Dieses Feuer jedenfalls lässt sich Zeit. Die Reifen haben Feuer gefangen, brennendes Plastik tropft wie Lava auf den Asphalt. Gern würde ich meine Hand darunter halten, um eine dieser glühenden Perlen aufzufangen. Ich würde sie nah vor mein Gesicht halten, sie betrachten wie einen glänzenden Käfer. Vielleicht würde ich sie mir auf die Zunge legen und hinunterschlucken – aber ich weiß ja, was da brennt, und tue es nicht. In unserer Stadt gibt es einen äußerst aktiven Verein von Amateur-Pyrotechnikern, alle drei Monate veranstalten sie ihre Feuerwerksversuche. Früher haben mich diese Funkenmalereien verzaubern können, aber das ist vorbei. Ihr Feuer brennt nicht. Es muss in der Luft verpuffen, nur leere

Hüllen regnen irgendwo herab, und weiße Rauchschwaden verdecken den Nachthimmel, der mit seinen Sternen über allem steht. Scheinheilige Feuerspäße, und trotzdem ist es schwer, nicht hinaufzusehen, wenn es wieder knallt. Man muss sich die Ohren zuhalten und den Kopf gegen eine Hauswand drücken. Die Leute glauben dann, dass ich Angst habe, und stellen sich vor, ich sei ein verwahrloster Kriegsveteran, der von dem Lärm an ein todspeiendes Gefecht erinnert wird. Aber ich stinke, und mein Jackett ist starr vor Dreck, und so legt mir niemand zum Trost die Hand auf die Schulter. Wenn man bedenkt, dass ich immer den geraden Weg gegangen bin, Jahr für Jahr, immer in die nächste Klasse, ein jahrelanger Aufstieg, die Leiter empor – eine gesamte Biografie bis hin zum ehrbaren Ende zeichnete sich bereits ab –, dann wird es unmöglich, zu verstehen, wie aus mir geworden ist, was ich heute bin. Eines Tages werde ich mich hinsetzen, um darüber nachzudenken, aber noch beginnen täglich neue Geschichten, und wer zurückblickt, bleibt zurück. Vorerst sage ich, dass eben jede Stadt einen Vagabunden braucht, einen, der immer unterwegs ist und die Nächte belebt, wenn die Menschen die Stadt zurücklassen, um in ihren Federbetten Ruhe zu suchen. Und diese Aufgabe war für mich bestimmt, von Anfang an, ob ich es wollte oder nicht. Inzwischen erfüllt sie mich, so wie ich sie erfülle. Es ist nichts Großes dabei, aber auch nichts Kleines. Sie alle, dieser winzige Teil der Menschheit, der diese Stadt bevölkert, sie wissen nichts von mir, und doch spüren sie, dass ich da bin. Täglich kommen sie an meinen zahllosen Schlafplätzen vorbei, die ich je nach Wetterlage aufsuche, am Tag oder in der Nacht, immer dann, wenn die Müdigkeit groß wird. Sie schauen mich nicht an und wollen nicht, dass ich ihnen nahekomme, und doch würden sie mich vermissen, wenn ich auf einmal verschwunden bliebe. Ich glaube, es gelingt mir, mich in ihr Leben einzuschreiben, tief einzuschreiben, als Symbol, ja, als Symbol. Es gibt Symbole, die für etwas stehen, die meisten Symbole sind solche Symbole. Aber es muss auch solche geben, die für nichts oder nur für eine Ahnung, für etwas Unaussprechbares stehen – dazu gehöre ich. Ich beobachte die Menschen durch die großen Fenster ihrer Esszimmer, wie sie beieinander stehen oder sitzen und einander Halt geben. Oder ich mische mich unter sie, auf dem Markt, wenn Stadtfest ist, oder überall dort, wo im Namen der Wohltätigkeit gefeiert wird, ein einziges Mal in jenem weltfremden Herrenhaus, als auch ich eingeladen war. Ich probierte die Häppchen, die, schneller, als ich dachte, auch schlimmen Hunger stillten, und schaute mich um. Da waren feingliedrige Hände, die zu Worten tanzten, oder geschundene Finger in Fäusten versteckt, weiche Lippen und schattige Zahnreihen, von Gold oder Lücken durchsetzt, ich erkannte einen nackten, staubigen Fuß und ein Paar glitzernde Lackschuhe, einen Teppich wie aus einer anderen Zeit, handgeknüpft, für Unsummen gekauft – mitunter lasse ich mich ein auf das Geschäft der Ordnung und sortiere, was ich sehe, nach links und rechts. Später dann, in finsteren Nächten, wenn von der Stadt nur ein schwaches Rauschen bleibt, halte ich Inventur und erarbeite Satz auf Satz meine Philosophie. Denn mehr als einen kurzen Gedankenlauf bringe ich nie zustande, und auch mein Gedächtnis scheint zu schlecht, als dass ich je in einem einzigen Blick das Ganze erfassen könnte; also schichte ich mir die Welt aus Einzelteilen auf. Mein einfältiges Gehabe – über Mauern in Hinterhöfe zu spähen oder dieser gleichgültig starre Blick, den ich oft auf den Marktplatz, die große Einkaufsstraße oder die Sommerwiesen richte – könnte vergeblich erscheinen. Und in Wahrheit ist es auch nicht mehr als notwendiger Zeitvertreib. Ich muss gar nicht wissen, was ich sehe. Ich bin ein Symbol und habe diese Aufgabe, der ich mal konzentriert, mal restlos abwesend nachgehe. Es reicht, dass ich die Augen offen halte und geschlossene Räume meide. Wenn ich so durch die Nacht laufe, durch die windstillen Straßen, dann tue ich es in der Gewissheit, dass ich jeden Augenblick Hunderte aus dem Schlaf reißen könnte, ich müsste nur schreien, nur eine Scheibe einschlagen, nur eine Flasche in die Luft schleudern, ich müsste nur ihre Klingeln drücken. Sie würden aufwachen und aus ihren Fenstern in ebendiese Verlassenheit schauen, in der ich den letzten Außenposten bilde. Sie würden sehen, wie ich dahinziehe, und meinen merkwürdigen Gang bemerken, der keine Höhen und Tiefen kennt, sondern eher an ein aufrechtes Kriechen denken lässt. Sie würden seufzen, sich wieder unter die noch körperwarmen Bettdecken wälzen und weiterschlafen wie wohlbehütete Säuglinge. Aber ich wecke sie nicht. Sollen sie in ihre Albträume versunken bleiben. Und wenn ich einmal eine Flasche in die Hand bekomme, die einer am Straßenrand hat stehen lassen, dann zerschmeiße ich sie draußen im Park an einem Brückenpfeiler oder einem Laternenmast. Denn natürlich bin ich kein Flaschensammler. Im Gegenteil. Dieser Titel ist falsch und eine Schande, wer auch immer ihn dort hingesetzt hat, der wollte mir nichts Gutes. Ich gehöre nicht zu diesen Personen, die an Sommerabenden von Stolz und Scham gleichermaßen erfüllt ausschwärmen, um das zurückgelassene Pfand einzusammeln. Diese emsigen Nagetiere, die sich ihren Extrataler durch ehrliche Arbeit, wie sie meinen, zusammenscharren. Ihre flaschensüchtigen Augen, die an den Mündern kleben und auf Leergut lauern, widern mich an. Auch sie sind ein Symbol. Für eine ausgetrunkene Flasche schenken sie ein Lächeln. Sie wollen nicht betteln, um nichts bitten, nichts verlangen. Sie wollen niemanden stören und nie wieder etwas schuldig sein. Am liebsten wären sie gar nicht da. Wenn ich könnte, würde ich jede Flasche, die ich finden kann, verbrennen oder im Altglas zerschmettern. Aber es geht ja nicht, ich kann mein Augenlicht nicht für eine derartige Suche verschwenden, und ich kann auch nicht den Himmel zerstören und die Luft darunter.

IM ATELIER

Irgendwo am Rand des Gewerbegebiets, im dritten Hinterhof der
dritte Aufgang, im vierten Stock, die fünfte Tür am Ende eines schmalen, hohen Ganges das Atelier. Mein Bruder hat mir die Klinke gegeben, die als Schlüssel dient. Die Tür schleift über den Boden, nur
mit einem kräftigen Ruck lässt sie sich öffnen. Ich stehe im Wind,
von links nach rechts weht er durch den langen Raum – die Fenster
bleiben offen, damit der Terpentindunst abzieht. Auf Büchern, auf
losem Papier, auf einem breiten Haufen verworfener Zeichnungen,
Fotografien, Zeitschriften liegen graue Feldsteine. Nachdem ein
Sturm seine Blätter zum Fenster hinausgefegt hatte, hatten wir uns
auf die Suche gemacht und an einer Wiese am Rand der Stadt die
Steine aus einer niedrigen Mauer gezogen. Mein Bruder wollte keine Ziegel, da sie rote Spuren hinterlassen. Das Atelier scheint auf-
geräumter, seitdem Bücher und Papier gestapelt und obendrauf mit
Feldsteinen besiegelt sind. Ich schließe die Fenster. Eine Aussicht
auf kastenförmige Häuser unterschiedlicher Größe, zusammenge-
stellt nach keinem übergeordneten Prinzip. Hallen mit hohen, fensterlosen Mauern, keine Verzierungen, weiß bis auf einige Werbe-
flächen. Heute, da die Sonne scheint, ein schöner Ausblick. Auf dem
einzigen Tisch ein breites, farbverschmiertes Brett, daneben einige
Einmachgläser, zur Hälfte mit trübem Wasser gefüllt. Die Farbtu-

ben liegen an der Wand in einer langen Reihe nebeneinander ausgebreitet, sie sind nicht nach Farben, sondern nach Größe sortiert und strahlen eine präzise Ordnung aus. Ich räume den Tisch ab und rücke ihn vors Fenster. Ich packe meinen Computer aus, klappe ihn auf, suche eine Steckdose. Packe mein Notizheft aus, einen Kugelschreiber, eine Flasche Wasser. Ich wische den einzigen Stuhl mit einem Taschentuch ab und stelle ihn an den Tisch, bleibe aber noch stehen. Der gelb gekachelte Boden ist übersät mit winzigen Farbspritzern, mit dicken Tropfen, verwischten Klecksen, mit Pinselstrichen, vereinzelt sind Buchstaben und Zahlen mit Filzstift auf den Boden geschrieben. Für einen Moment erkenne ich die Silhouette einer Greisin, die traurig auf ein Tier mit kurzen Beinen schaut, ich blinzele, schon ist die Greisin bloß ein großer, grauer Fleck. Die meisten Spuren hat mein Bruder hier hinterlassen, Manches ist älter und geht auf Vorgänger zurück. Im hinteren Ende des Raumes verliert sich der Boden unter einem breiten Haufen Papier, der von drei großen, überlegt platzierten Steinen zusammengehalten wird. Einmal hatte ich mich daran gemacht, seine Zeichnungen zu sortieren. Ich hatte zwei Kategorien: toll und nicht-fertig. Doch nachdem mein Bruder meine Auswahl durchgeblättert hatte – ich hatte kaum die Hälfte geschafft –, verbot er mir weiterzumachen. Die beiden Stapel sind längst wieder miteinander verwischt. Um die Kochnische zu erreichen, muss ich über den Haufen, muss auf seine Zeichnungen treten. Ich könnte die Schuhe ausziehen, aber da auf den Blättern überall Fußabdrücke sind, lasse ich sie an und versuche lediglich, meine Sohlen nur sehr sanft auf die Gesichter, Körper, Berge, Bäume, Häuser und all das, was sich nicht auf den ersten Blick deuten lässt, zu setzen. Der Wasserkocher ist noch zur Hälfte gefüllt, also schalte ich ihn ein, ich suche eine Tasse, einen letzten Rest Kaffeepulver gibt es auch. Auf dem Kocher, auf der Tasse, auf dem Glas des Kaffeepulvers, selbst auf dem Teelöffel, überall sind

Farbkleckse und bunte Fingerabdrücke. Ein schwarzer Tropfen zieht sich den Henkel hinab, eine Kaulquappe oder vielleicht eine Nacktschnecke. Ich wische mit dem Daumen darüber, aber die Farbe ist fest und löst sich nicht. Nur die Wände sind weiß. Mein Bruder hat alle Bilder, an denen er arbeitet, seit Monaten oder länger schon, abgenommen. Er hat sein Atelier so hinterlassen, als plane er, auf unbestimmte Zeit wegzubleiben. Dabei will er nur einige Tage, nicht länger als eine Woche verreisen, so hat er es angekündigt, aber wer weiß. Alles muss so bleiben, wie es ist, hat er gefordert. Ohne zu zögern, habe ich ihm versprochen, was er wollte, dann hat er mir die Klinke in die Hand gedrückt.

Der Kocher rauscht fast ohrenbetäubend, zumindest wirkt es in der Stille so, zuletzt klickt der Schalter, das Wasser brodelt noch einen Augenblick. Das Pulver wirbelt durch die Tasse, Dampf steigt auf. Ich gehe zurück ans andere Ende des Zimmers. Der Schreibtisch hat die richtige Größe, alles findet Platz, der Stuhl ist bequem, hinter dem Fenster keine Ablenkungen. Aber der Kaffee ist noch zu heiß, und der Computer alt, es dauert, bis er bereit ist und ich anfangen kann. Zwischen Grafikschrank und Wand hat er die riesigen Mappen aus Karton geschoben. Unauffällig, wie versteckt stehen sie dort im Schatten, ragen kaum hinter dem Schrank hervor. Die Lüftung des Computers surrt schwerfällig, Lichter blinken, aber noch tut sich nichts. Ich ziehe eine der Mappen hervor, fingere die Schleife auf, und seine Bilder blättern zu Boden. Sie kehren mir ihre Rückseiten zu, die, wie alles hier, mit Farbspritzern, Linien, Wasserflecken übersät sind. Mit der Spitze meines Zeigefingers streiche ich über meine Zunge. Dann decke ich das oberste auf.

Eine schwarze Fläche, über der ein hauchdünner Vorhang hängt, nein, kein Vorhang, nichts Stoffliches, keine Struktur ist auszumachen. Also Qualm, der über einem verglimmenden Feuer in die

Nacht aufsteigt. Auch das nicht: Nirgends eine Verdichtung, keine noch so schmale Rauchsäule. Ein hauchdünner Nebel, gleichmäßig über das Blatt verteilt, der die Schwärze nicht überdecken kann, vielleicht ist es Dampf, der über heißem Wasser aufsteigt.

Die Mitte des zweiten Bildes wird von einem schwarz ausgemaltem Oval eingenommen, auch über dieser Fläche liegt der blasse Dunst, aber ein Paar weißer Punkte sticht deutlich hervor. Der Rest des Blattes ist von einem Gitter überzogen, horizontale und vertikale Linien, zu dünn, als dass es Eisenstäbe sein könnten, eher fester Draht, ein weitmaschiger Zaun, dahinter aber reines Weiß, keine Aussicht, kein Horizont, kein Land. Vielleicht ist es weder Zaun noch Gitter, vielleicht sind es Fugen, von Schimmel dunkel gefärbt, und dazwischen weißer Gipsbeton oder wahrscheinlicher, Fliesen.

Durch das dritte Bild zieht sich eine dünne Linie, der Hintergrund ist weiß, kein Dunst, keine Karos. Rechts im Bild ragt eine rundliche Form über die Linie hinaus, die Silhouette eines Schädels: Der Bogen des Kopfes fällt ab in eine tiefe Stirn, unter den Augenbrauen eine winzige Vertiefung, dann der gerade Rücken einer Nase. Mund, Kinn und Hals müssen unterhalb der dünnen Linie liegen, die offenbar eine flache Mauer abschließt, vielleicht den oberen Rand eines Kastens darstellen soll, fast der gesamte Körper ist hinter dieser Barriere verborgen. Ein Unterarm, daran eine langfingrige Hand, überdeckt im mittleren Teil des Bildes die Linie, auf der linken Seite hängt ein Unterschenkel über sie hinaus, der große Fuß berührt den Bildrand, Scherenschnitte zweier Gliedmaßen. Mit einem Mal bin ich mir sicher, was oder wen mein Bruder aufs Papier gebracht hat.

Ich blättere um. Die schwarze Menschengestalt sitzt auf der gleichen dünnen Linie wie im Bild zuvor, die Hände links und rechts aufgestützt, die Beine vor sich aufgestellt. Sie ist noch immer ohne

Konturen, ein schattenhafter Umriss, bis auf zwei schmale Risse im Dunkel des Gesichts, zwei Augenschlitze, darin blitzendes Weiß, aus denen weder ein Blick, noch Leben überhaupt sprechen.

Das nächste Bild: Die Figur fällt zurück, die Arme in die Luft gerissen, die Augen jetzt kugelrund. Die dünne Linie ist nun die obere Strebe eines Brückengeländers: hinter der Figur, weit unter ihr, ein Fluss, der auf einen Fluchtpunkt im Zentrum des Bildes zuströmt. Von zwei hohen Ufermauern in seinem Bett gehalten, durchfließt er eine weite Ebene, so leer wie das weiße Blatt.

Die Figur starrt in den Himmel, treibt auf dem Rücken, alle Viere von sich gestreckt. Im schwarzen Wasser hat sie einen grauen Schimmer angenommen, schwarze Striche deuten jetzt Nase und Mund, Nabel und Geschlecht an, die Augen leuchten noch immer gespenstisch weiß. Unter ihr, nur vage erkennbar, ein riesiger Schatten: ein Fisch, dreimal so lang und fünfmal so breit wie der kleine Mensch.

Der Fisch hat den Menschen aufgehoben, an die Rückenflosse geklammert steht er wie auf einem winzigen Segelboot, und schneller als die Strömung jagen sie voran. Der Mann ist mager und kahl.

Am Ende des Flusses. Der große Berg des Fischkörpers liegt gestrandet am unteren Bildrand. Der Kanal, gepflastert mit Steinplatten, vom Wasser sind nur Pfützen geblieben, führt auf den Eingang eines Tunnels zu. Am Horizont verteilt Dreiecke, Rechtecke, einige Zylinder: Häuser und Gebäude einer Stadt. Am Himmel darüber hellgraue Wolken, darin eine weiße Kugel: ein früher Mond oder eine blasse Sonne. Der Mensch geht auf die Öffnung des Tunnels zu.

Eine Straße, links und rechts mehrstöckige Wohnhäuser, endlose Fensterreihen, nirgends ein Licht, den Bürgersteig entlang erloschene Straßenlaternen, von denen nicht einmal ein glimmender Schein ausgeht, es herrscht Nacht, doch auch kein Stern leuchtet dort, wo der Himmel sein müsste, vielleicht eine unterirdische Stadt. Dass in dieser Finsternis überhaupt etwas zu erkennen ist, bleibt ein Rätsel oder verdankt sich allein der Willkür meines Bruders. Der Mann steht mitten auf der Straße und schaut zu einem der Fenster hinauf, es ist nicht zu sagen, zu welchem genau, sie unterscheiden sich durch nichts, blinde Scheiben, weder Vorhänge noch Fensterkreuze, schwarze Löcher in der Fassade. Aber vielleicht hat es einen Unterschied gegeben, vielleicht hat hinter einem der Fenster noch Licht gebrannt, als der dunkelgraue Mann die Stadt betrat, vielleicht hat ein Bildschirm geflackert. Irgendeine winzige Auffälligkeit hat seine Neugier geweckt. Oder ein Fenster stand offen, das erst, als seine Schritte durch die Straßenschlucht hallten, schnell, mit einem leisen Klacken geschlossen wurde. Vielleicht hat er sich auch getäuscht, hat sich, voller Hoffnung, nur eingebildet, dass da ein Geräusch, ein Licht, irgendetwas war, das ihm Gewissheit hätte geben können, in dieser Stadt nicht gänzlich allein zu sein. Denn nirgends finden sich Anzeichen für Bewohner, keine Fahrräder, keine Autos, keine Blumenkästen auf den schmalen Fensterbänken. Nur verwehter Müll, zerknülltes Papier, zerfetzte Plastiktüten, sammelt sich am Rinnstein. Der Mann starrt zu den Fenstern hinauf, und es ist nur zu vermuten, was er dort sucht.

Ein runder Sandkasten, darin ein Schaukeltier, ein Hahn, weit zur Seite geneigt, als wäre sein Reiter gerade eben abgesprungen. Der Sand ist aufgewühlt wie vom Sturm gepeitschtes Wasser. An einer Bank am Rand des Sandkastens steht der Mann, sein Körper schimmert silbergrau, leicht gebeugt der Rücken, er blickt auf die leere Sitzfläche hinab. Obwohl sein Gesicht nicht zu erkennen ist, geht etwas Nachdenkliches von ihm aus, vielleicht von der Körperhaltung herrührend, oder es ist die Art, wie er seine linke Hand hält, ausgestreckt auf etwas zeigend, das auf der Bank oder darunter liegt; was er dort sieht, ist nicht abgebildet.

Ein Durcheinander, ein dicht ineinander verwachsenes Geäst, ein Gewirr an krummen Linien, nicht ein Blatt, das dieses Chaos verbergen könnte. Zwischen den Ästen kein Raum, als dass ein Mensch darin klettern könnte, der Mann jedoch schaut den Stamm hinauf, der sich in dieser wilden Krone verliert. Seine Hand berührt den Baum, die Fingerspitzen sind in den groben Furchen der Rinde versunken, sein Mund steht offen, er ruft etwas, keine Sprechblase, die mir verraten könnte, was er sagt.

Hinter einem Fenster ein Zimmer im dämmrigen Licht, ein Tisch, darauf eine leere Schüssel, eine leere Vase, leere Teller für fünf Personen, daneben Besteck, Kerzen, die nicht angezündet sind, auf einem Stuhl ein aufgeschlagenes Buch, an den Wänden einige dunkle Rechtecke: Spuren von der Wand genommener Bilder. Ein regloses Stillleben, bis auf die Lampe über dem Tisch, die nicht senkrecht, sondern etwas schief in der Luft hängt, in Bewegung versetzt durch einen starken Luftzug, vielleicht wurde eine Tür auf- und wieder zugeschlagen, oder die Lampe wurde versehentlich angestoßen, als jemand hektisch vom Tisch aufgesprungen ist. Über allem liegt durchsichtig das Spiegelbild des Mannes, der sich selbst entgegen- oder durch die Fensterscheibe hindurch in das verlassene Zimmer starrt.

Ein Platz gesäumt von herrschaftlichen Gebäuden. In den Untergeschossen hohe Schaufenster, darüber Namensschilder, die nicht zu entziffern sind, Geschäfte oder gastronomische Einrichtungen, Tische und Stühle reichen bis weit auf den Platz hinaus, nirgends aber ein Gast, keine Passanten, niemand, Stühle liegen umgekippt am Boden, weiße Tischdecken sind hinuntergerissen, ein von einem Sommergewitter heimgesuchter Urlaubsort. Die meisten der Sonnenschirme aber stehen kerzengerade.

Eine Baulücke zwischen fensterlosen grauen Mauern, wie ein staubiger Schaukasten, links und rechts gerahmt von einem schmalen Streifen verzierter Fassade der angrenzenden Häuser, darin ein niedriges, breites Podest, auf dem eine gewaltige Büste steht, ein Glatzkopf mit Schnauzbart, vollen Lippen, die ein Lächeln andeuten, und Schatten unter den kantigen Wangenknochen. Unter den wuchtigen Brauen Augen ohne Pupillen, die Ausschau halten, die in der Ferne etwas erblicken, das außer ihnen niemand sieht. Am Fuß der Büste, gegen den mächtigen Hals gelehnt, sitzt ein Mann, die dünnen Beine liegen ausgestreckt vor ihm, an den Füßen weder Schuhe noch Strümpfe, er trägt auch keine Hosen, aber eine bis unter den Hals zugeknöpfte Uniformjacke, einige Orden auf der Brust, am Kragen zwei blinkende Knöpfe und Streifen, schmale Schulterklappen, auf denen weiße Punkte zu erkennen sind. Kinn, Lippen und Wangen sind unter einem schwarzen Bart verborgen, dunkelgraue Haare hängen bis auf die Schultern herab. Er blickt auf zu dem ersten Mann, der auf ihn zu läuft.

Mitten im Bild eine große Kugel: der Hinterkopf der Büste, kahl und glänzend. An der offenen Tür, die in den Kopf führt, steht wie ein Portier der Mann im Jackett, neben ihm gebückt der erste Mann, schon auf der Schwelle, schlüpft hinein.

Ein winziger, runder Raum, in der Mitte eine runde Bank, auf der dicht aneinandergedrängt etwa zehn Menschen sitzen, die Rücken einander zugekehrt, farblose Gestalten, deren dürre Gliedmaßen kaum voneinander zu unterscheiden sind, die zerschlissenen Unterhemden hängen wie Umhänge an ihnen herab, einige tragen Hüte, eine schwarze Baskenmütze, eine flache Polizistenkappe, auch ein Bacecap ist zu erkennen. Manche haben dem Eintretenden ihre Köpfe zugedreht und blicken ihn aus großen Augen an, die Münder einen spaltweit geöffnet wie müde Hunde, die, ohne zu bellen, gerade noch registrieren, was passiert. Die anderen starren auf die Wand direkt vor ihnen, strecken ihre Gesichter einer Reihe von Vertiefungen entgegen, von denen ein heller Lichtschein ausgeht, winzige Bildschirme, vielleicht ist es eine Art Kino, vielleicht sind es auch Gucklöcher, womöglich Fenster, aber woher käme dann das Licht?

Ich blättere weiter: eine Straße, die von links nach rechts durchs Bild führt, dahinter ein Platz, ähnlich dem verwüsteten, darüber aber ein blauer Himmel, sanfte Wolken, die golden schimmern, angestrahlt von einer Sonne, die nicht im Bild ist, deren Licht es aber voll und ganz erfasst. Alle Tische sind wieder aufgestellt. Auf den Stühlen sitzen Menschen, zurückgelehnt oder nach vorn gebeugt, die Ellenbogen aufgestützt, im Gespräch miteinander, sie tragen helle Hosen, Röcke oder Kleider und bunte Hemden und Jacken, wie ausgestreute Blumen sind sie über das Bild verteilt. In der Mitte des Platzes, um einen niedrigen Springbrunnen herum Kinder, die sich die Hosenbeine hochkrempeln oder mitten im Sprung, im Lauf, in irgendeiner ausgelassenen Bewegung festgehalten sind. Weiter im Vordergrund Spaziergänger in größeren und kleineren Gruppen, Hand in Hand, Arm in Arm oder untergehakt, ein schwacher Wind hebt die Rockschöße. Auf einer Bank am Straßenrand sitzen zwei Männer und schauen zu einer Frau auf, die im leichten Kleid etwas erzählt, eine gute Neuigkeit oder eine alte Geschichte, die Männer lachen sie an, ihre Hände auf den Beinen abgelegt. Es scheint tatsächlich ein Urlaubsort oder eine Stadt am Feiertag zu sein, herausgeputzt und von allen Pflichten befreit, Festtagsmusik, durchmischt vom Stimmengewirr, ist diesem Bild anzusehen.

Auf dem nächsten Blatt wieder eine schwarze Fläche, darin ein großer Kreis, eine runde Scheibe, eine Art Bullauge, das auf eben diese feierliche Stadt hinausschaut. Es muss im Inneren des Kopfes sein: Die Löcher sind Fenster, durch die der helle Tag zu sehen ist. Auf der Stufe des Podests, kaum einen Schritt vor der Büste, sitzt ein kleiner Mensch, ein Kind, die Beine angewinkelt, die Arme ineinander verschränkt über die spitzen Knie gelegt, das Kinn auf einem der Unterarme abgestützt, so ruht es aus. Erschöpft vom Spiel, muss es sich diesen Flecken ausgesucht haben, um eine Minute zu pausieren. Bereit, jeden Augenblick wieder loszulaufen, von einem zum anderen zu rennen bis spät in die Nacht hinein, kann es seine Eltern, Freunde, Bekannte von diesem Platz aus im Blick behalten. Vielleicht wartet es auf irgendein Zeichen, dass jemand ruft oder winkt, vielleicht will es wissen, wer es zuerst vermisst. Inmitten der sommerlichen Fröhlichkeit aber wird es von einem Gefühl erfasst, einer Erinnerung, die aus einer anderen Zeit zu stammen scheint, sich seiner wie eine unbegründete Ahnung bemächtigt, eine unbestimmte Traurigkeit, die es sich nicht erklären kann, eine Art urplötzlicher Angst. Und jetzt sucht es unter all den Leuten seine Eltern, seine Geschwister, seine beste Freundin, irgendein vertrautes Gesicht, an das es seinen Blick heften kann, um sich daran wie an einem Seil aus diesem Abseits, in das es so unverhofft geraten ist, herauszuziehen. Etwas Schweres hat sich auf seinen Nacken gelegt, seinen Hals umfasst und hält es zurück: die Nähe derer, die aus der hohlen Büste in diese andere Welt schauen, während sie in der Finsternis immer dürrer und grauer, zu leeren Schatten werden, bis von ihnen nichts bleiben wird außer jenem sehnsüchtigem Blick hinaus.

Auf den übrigen Seiten skizzenhafte Striche und Farbkleckse, die nichts erkennen lassen, keinen Entwurf, keine Idee eines Bildes. Die Geschichte ist vorüber oder wird noch weitergemalt, wer weiß. Ich schließe die Mappe, binde eine Schleife, schiebe sie zurück in die Lücke zwischen Wand und Schrank, als hätte ich sie nie angerührt. Mein Computer summt, ist bereit, wartet nur auf mich, aber ich laufe noch ein wenig hin und her, lasse mich ablenken von den Spuren am Boden. Ich trinke meinen Kaffee, der nicht mehr heiß ist, freue mich über die Sonne, die durchs Fenster scheint. Ich trinke den letzten Schluck, dann schalte ich den Computer aus. Viel schneller fährt er herunter als hoch, als hätte er nur darauf gewartet, dass ich meine Sachen wieder packe. Ich öffne noch die Fenster, schon ziehe ich die Tür mit einem kräftigen Ruck ins Schloss.

INTERVIEW MIT SHANA

Shana und Eddie sitzen dicht nebeneinander auf dem gefällten Stamm einer Weide. Eddies Hände liegen ausgestreckt auf seinen Oberschenkeln, Shana hat ihre Arme vor der Brust verschränkt. Sie trägt eine graue Strickjacke, um den Hals eine Kette aus hellbraunen Holzperlen, die mich an eine Gebetskette erinnert. Über ihre Beine hat sie eine Decke gelegt, deren Muster einen tiefroten Sonnenuntergang zeigt. Eddies Haare sind zu einem langen Zopf geflochten, über seine rechte Schulter hängt er auf die Brust hinab. Bis auf wenige schwarze Strähnen ist Eddie ergraut. Seine Augen über den breiten Wangen wirken winzig klein, wie schwarze Punkte. Er spricht leise und stockend, trotzdem bestimmt und seiner Sache sicher. Shana blickt zu Boden, während er spricht.

Eddie: It is a sad place. Enduring reality, on a day to day basis, can get difficult. I know it does for Shana. I know. Sometimes she prepares herself to leave. I am thankful that she stays. But I always tell her, it is by her choice. Not by mine. She understands that.

Es vergehen mehrere Sekunden, bis ich sicher bin, dass Eddie zu Ende gesprochen hat. Auch Shana scheint abzuwarten. Das Schweigen wird gefüllt vom Rauschen des Windes in den Blättern junger

Birken, die die Freifläche vor ihrem Haus begrenzen. Sie wohnen in einer schlichten Holzhütte, ein Bungalow, könnte man sagen, mit einer breiten Veranda, deren Pfosten in verschiedenen Farben bemalt sind.

Shana: Warum ich mich so entschieden habe, warum für diesen Ort, obwohl es so ein trauriger, tragischer Ort ist? Wie soll ich das erklären? Es muss etwas mit diesem Land zu tun haben, einer Art tieferen Verwandtschaft, die mich hierhält. Bin ich auf Besuch in Deutschland, spüre ich eine starke Sehnsucht, aber mehr noch Freude darüber, dass ich diese Verbindung habe und zurückkehren kann. But really, I cannot explain, why this is.

Eddie: I couldn't explain it for you.

Eddie lacht. Shana lächelt.

Eddie: But I know, why I am here.

Eddie trägt ein schwarzes T-Shirt, auf dem in großen weißen Buchstaben »Hope« steht, und weite, dunkelgraue Stoffhosen. Er schaut mir in die Augen, bis ich zu lächeln beginne. Anschließend blickt er zu Shana. Ohne etwas zu sagen, sehen sie sich an, dann steht Eddie auf. Er legt ihr die Hand auf die Stirn, einen Moment lang lässt er sie dort liegen. Zielstrebig, aber schweren Schrittes geht Eddie in Richtung des Hauses davon.

Shana: Ich bin wegen Eddie hier, er ist mein Glück, der Vater meiner Kinder. Er hat mir eine Heimat gegeben.

Auch Shana spricht sehr ruhig. Die Pausen zwischen einem und

dem nächsten Gedanken oder innerhalb von Sätzen, die sie sorg-
sam zu formulieren versucht, lassen mir Zeit, sie und die Umgebung
zu betrachten. Sie ist groß und schlank. Ich schätze sie auf Anfang
vierzig. Ihre Haare scheinen gefärbt zu sein, schwarz gefärbt. Ein
langer Pony hängt ihr bis über die Augenbrauen. Sie blinzelt selten,
dann aber sehr fest, als würde sie die Augen zusammenkneifen.

Shana: Natürlich, es ist eine neue Heimat, eine Heimat, die mir
fremd ist. Vielleicht werde ich nie verstehen, warum ich gerade hier
gelandet bin. Eddie setzt sich für sein Volk ein. Er will etwas verändern, er ist, trotz allem, zuversichtlich und bringt die Kraft auf,
selbst hier, irgendwie an die Zukunft als eine bessere Zeit zu glauben. Ich bin keine Lakota, ich bin freiwillig hier. Anfangs kam es vor,
dass ich mich wie ein Eindringling gefühlt habe, jemand der kein
Recht hat, hier zu sein. Ich habe studiert, in Deutschland, Biologie.
Ich habe es beendet, also den Abschluss gemacht. Mit einem Gartenbauprojekt bin ich das erste Mal über den großen See. Da war
das Reservat für mich eine neue Welt. Das ist nicht Amerika, es äh-
nelt Amerika, aber das ist es nicht, nein, es ist etwas völlig anderes. Hier habe ich den Vater meiner Kinder kennengelernt. Edward.
Das ist einer der echten Indianer, habe ich gedacht. Da waren seine
Haare noch nicht so grau, und sein Zopf war so dick wie ein gefloch-
tenes Seil. Er hat mir das Reservat gezeigt, die Prärie, die es ja wirklich gibt. Er hat mir die Geschichte erzählt, jeden Tag erzählt er die
Geschichte. Das ist nicht Amerika, es ist Lakotaland. Er hat mir alles
gezeigt, und wenn ich ihm vom Gartenbauprojekt erzählen wollte,
hat er zugehört und auf diese besondere Weise gelächelt. Er hat mich
zum Wounded Knee gebracht und vor meinen Augen zu seinen Ahnen gebetet. Ich habe mich verliebt, in ihn und sein Land, in sein
Volk auch, irgendwie. Ich war dann noch ein halbes Jahr in Deutschland, aber ich war schon zu tief in diesen Flecken Erde vorgedrungen,

und da war Deutschland mehr wie eine Idee, kein wirklicher Boden unter den Füßen. Ich kann es nicht gut erklären. Ich saß auf meinem Sofa, und die Vorteile waren mir bewusst. Aber während ich überlegt habe und hin- und hergerissen war, habe ich bestimmte Gegenden hier im Reservat und Straßen, die ich entlanggefahren war, im Geiste gesehen und eben diese Sehnsucht verspürt, wieder da zu sein, für eine längere Zeit, nur einen Hinflug zu buchen. Obwohl ich wusste, dass es kein einfaches Leben werden würde.

Shana streicht sich den Pony aus der Stirn, der sofort zurückfällt, was sie aber nicht zu stören scheint. Sie kneift die Augen zusammen und schaut über meine Schulter hinweg. Sie hat ihre Kette in die Hand genommen und kreiselt eine der Holzperlen zwischen Zeigefinger und Daumen.

Shana: Shana ist nicht mein richtiger Name. Eddie hat ihn mir gegeben, weil es ihm so schwerfiel, meinen deutschen Namen auszusprechen. Niemand benutzt den hier, nicht einmal meine Kinder. Nur die Familie in Deutschland nennt mich so. Aber bei ihnen klingt er immer wie ein Vorwurf. Meine Eltern verstehen nicht, warum ich hier bin. Ich dürfe das nicht, allein wegen der Kinder, weil die es in Deutschland besser hätten. Vielleicht stimmt es, was sie sagen, aber hier im Reservat lernen die Kinder dafür etwas anderes. Sie werden ein bisschen Lakota, und gerade das ist mir wichtig. Daheim finden sie das alles lächerlich. Aber mir gefällt es, Shana zu sein. Es ist der Name von Eddies, ich glaube, Ururgroßmutter. Er hat ihn mir geschenkt, so hat er es gesagt. Ich wollte ihn erst nicht annehmen, ich habe gesagt, Nein, das darfst du nicht, es ist der Name deiner Ururgroßmutter. Aber er hat nicht aufgehört, mich so zu nennen. Inzwischen bin ich Shana, meistens. Wenn ich in Deutschland bin, natürlich nicht.

Shana reibt sich die rechte Wange, sie schließt dabei die Augen. Auch ihre Bewegungen sind sehr langsam. Jetzt schaut sie auf, hebt die Hand, um mir etwas zu zeigen.

Shana: Dieses ganze Land, das Reservat, ist nur ein Bruchteil von dem, was den Lakota zugesichert wurde. Es erscheint riesig, die Hügel und Täler, es ist auch riesig, aber das, was man ihnen letztlich gelassen hat, war zu klein für ihr eigentliches Leben. Von den Lakota ist nicht viel geblieben; hilflose Menschen, die gerade noch wissen, dass sie irgendwann eine eigene Kultur hatten. Hier trägt alles eine gewisse Traurigkeit in sich, die Erwachsenen vor allem, aber auch die Kinder, ja und sogar die Pflanzen und die Dinge. Es gibt Tage, da frage ich mich schon, wie lange oder ob überhaupt es im Ress, also im Reservat, auszuhalten ist. Trotzdem, manchmal erkenne ich in Eddies Augen den Stolz von Winnetou. Hier wurden die Indianer kaputt gemacht, bei uns wurden sie groß und legendär gemacht. Wenn ich Eddie erzähle, wie wir als Kinder zu Fasching und in den Spielzimmern Indianer gespielt, sie in Büchern, Filmen, überall bewundert haben, lacht er kurz und fragt: Wirklich?, wirklich?, und lacht noch mehr. Ich glaube, das ist ein Trost für ihn.

Shana schaut auf, und ich drehe mich um. Ein Auto, ein altes japanisches Modell, staubig, mit herabhängendem Seitenspiegel, schleicht die ungeteerte Straße entlang, die zu den abgelegenen Häusern führt. Hinter dem Steuer sitzt ein dicker Mann oder eine dicke Frau, einfach ein sehr dicker Mensch mit langen Haaren, und hebt kurz die Hand zum Gruß. Ich schaue dem Auto noch hinterher, als Shana schon weiterspricht.

Shana: Ich habe keine Lakota-Freundinnen. Einige grüßen mich und fragen, was los ist, also wie es mir geht. Sie wissen, wer ich bin, und ich weiß, wer sie sind, aber Freundinnen, wie ich sie in Deutschland hatte, sind es nicht. Ich kann das akzeptieren, irgendwie, sodass es kein Problem ist, nicht für mich, vielleicht für Eddie, manchmal, aber ich kann sie einfach verstehen. Mir ist hier nie etwas Hässliches passiert, alle sind freundlich und respektvoll; ich kann dieses Misstrauen, das mir entgegengebracht wird, in einem bestimmten Maß, wegen meiner Hautfarbe, meiner Herkunft, ich kann das eben verstehen, es ist ok, ich mache niemandem einen Vorwurf, erst recht nicht Eddie, der die Meinungen auch nicht ändern kann. Ich hätte auch gar keinen Anspruch auf Vorwürfe. Ich bin hier bei Menschen, die so viel Schlimmes erlitten haben, zähen Menschen, die auch heute noch leiden, nicht nur an der Armut, wie sie im Reservat überall zu sehen ist, sondern immer noch am Unrecht und am großen Verlust. In einem Land wie Amerika. Es sind Leute, denen ihre indianischen Seelen ausgetrieben wurden, damit sie wie Weiße werden, Leute, die getötet wurden, wenn sie auf ihrem eigenen way of life beharrt haben. Jede Woche an einem bestimmten Tag geht Eddie zum Wounded Knee, wo er für die Ahnen betet, die dort um 1890, glaube ich, massakriert wurden, auch Frauen und ihre Kleinkinder, die so für immer ohne Namen geblieben sind, und heute kommen Touristen dorthin und trampeln ohne Respekt herum, als hätten die Indianer einfach kein Recht auf Vergangenheit, auf ihre eigene Geschichte. Man behandelt sie wie Kinder. Stell dir vor, sie dürfen nicht einmal trinken, das Reservat ist dry, trocken. Stell dir das vor. Ich habe nie getrunken, mich stört es nicht, aber es sind doch erwachsene Menschen, die Entscheidungen treffen können, falsche und richtige, das muss doch jeder dürfen, zumindest das. Auch Eddie hat nie getrunken, es ist keine Gefahr für ihn, vielleicht würden wir ab und zu ein Glas Bier trinken, so wie es in Deutschland normal ist, am Abend, wenn alles erledigt ist und die Kinder schlafen, aber wir tun es nicht, wir müssten erst das Reservat verlassen, und da draußen, da sind die Amerikaner, die keine Indianer sehen wollen, die so rassistisch sind, wie du es von einem Amerikaner nie erwartet hättest. Wir leben auf einer Insel, einer schroffen Insel. Aber trotzdem ist es hier für mich das bessere Leben, das spüre ich. Ich habe hier ein Vertrauen gefunden, in mir ein Vertrauen gefunden, das ich so in Deutschland nicht kannte, aber, unbewusst, immer gesucht habe, es ist ein Vertrauen in mich selbst, aber auch in diese Menschen und auch, ich muss es so sagen, in diesen Boden, diese Hütten, die Weite, diesen Himmel, die Natur. Obwohl es gefährlich ist hier, drunk driving ist ein Problem, und alle besitzen Waffen, zum Jagen, sagen sie, aber im Notfall, wenn es so weit kommt, man kann nie wissen. Und trotzdem habe ich hier keine Angst, es ist schon komisch.

Shana hört auf zu sprechen. Sie hebt den Kopf und schaut mir ins Gesicht, in die Augen. Sie lächelt nicht, verzieht keine Miene, sondern schaut mich nur wortlos an. Ich verstehe jetzt, wieso Eddie zu ihr gesagt hat, dass er es nicht für sie erklären könne. Als ich auch nach zehn Sekunden oder länger nicht reagiere, blickt sie in eine andere Richtung, starrt wieder in unbestimmte Ferne, bis sie, plötzlich, zurück ist und fortfährt.

Shana: Jedenfalls hoffe ich, am richtigen Ort zu sein, und auch meine Kinder, die älter werden; wenn sie in die Pubertät kommen, vielleicht wäre es dann besser … Ich denke einfach darüber nach, warum ich jetzt hier bin; klar, weil ich Ed gefunden hab, und, ja, Glück, und Frieden als eine Art inneren Zustand, eine Erfüllung gewissermaßen, es klingt verrückt, du hast es ja gesehen, das Reservat, die Autowracks, die sie hier fahren, den Schrott, der sich in den Vorgärten sammelt, und die vielen kaputten Menschen. Es gibt kaum Möglichkeiten, etwas zu tun, also Geld zu verdienen, manche versuchen es, bauen Gemüse an und verkaufen es von der Ladefläche ihrer Pickups herunter an Kreuzungen oder am Straßenrand, andere räumen ihre Wohnzimmer um und verkaufen Tabak und Kleinigkeiten zum Fenster hinaus. Im Reservat ist natürlich alles billiger, außerdem zahlen sie keine Miete und erhalten ihre Sozialhilfechecks, aber deshalb schafft es auch kaum einer rauszukommen, sie werden bezahlt fürs Hiersein, echt schlimm das alles, besonders, wenn du bedenkst, was das einst für stolze Menschen waren; auf alten Fotos, da sieht man es noch, und natürlich haben wir in Deutschland die Indianer falsch verstanden und sie überhöht, so wie Winnetou, aber ein bisschen was davon stimmt, irgendwann waren sie ein Volk von Kriegern und hatten Kultur und Würde, aber dann haben die selbsternannten »Amerikaner« alles zerstört, und was von den Indianern am Ende übrig war, wurde in Reservate gezwungen, und dort werden sie bis heute von diesem freiheitsliebenden Land vor der Welt versteckt gehalten. Keiner da draußen will, dass diese Dinge richtiggestellt werden, dass endlich ein Bewusstsein dafür entsteht, und auch deshalb bin ich froh, hier zu sein, auf dieser Seite, der Seite der Wahrheit, der Seite der Ohnmacht.

Shana verfällt in Schweigen, sie starrt auf den Boden, auf den grauen Sand, und dann wieder in die Ferne. Mehrere Minuten verstreichen so.

Shana: Abends bellen die Hunde, man hört sie von überallher, und der Himmel, wenn die Sonne untergeht, ist unglaublich, immer anders, allein diese Sonnenuntergänge sind Grund genug. Am Wounded Knee gibt es einen Jungen; während der Abenddämmerung läuft er herum und spricht zu den Gräbern. Er kann dir erzählen, was damals passiert ist, er hat es mir erzählt, als wäre er selbst dabei gewesen. Ein Junge mit langen Haaren und vollen Lippen, er passt auf, sagt er, auf seine Vorfahren, die in heiliger Erde begraben liegen, heilig, eben weil sie dort liegen. Er kann dir sagen, wo die Kanonen aufgebaut waren und wo auf den Hügeln die Spähposten standen, wo die siebte Kavallerie sich den flüchtenden Lakota in den Weg gestellt hat. Sie haben versucht, einem tauben Mann das Gewehr zu entreißen, er hielt es fest umklammert. Ein Schuss ging los, ohne Absicht und in die Luft. Man nahm es dankbar an. Die Leute rannten, kamen aber nicht weit, sie wurden mit Pferden gejagt. Wounded Knee, so heißt das Massengrab, Hunderte Leichen, nur daran denkt der Junge, jeden Tag, jede Nacht. Er wird dir auch von Lost Bird erzählen, der einzigen Überlebenden. Sie wurde von ihrer Mutter gerettet, der man in den Rücken geschossen hatte. Sie stürzte und hat ihr Kind unter sich versteckt. Selbst den Schneesturm, der einsetzte, als alle schon tot waren, hat Lost Bird unter der Leiche ihrer Mutter überlebt. Der General der Siebten hat sie gefunden, als Trophäe mitgenommen, er hat sie in den Zirkus gebracht, ausgestellt und erzählt, dass sie die einzige Überlebende war. Das ist passiert. Das ist Wounded Knee. Touristen kommen jeden Tag.

Shana hatte sich aufgerichtet. Ihre Stimme war lauter geworden, sie hatte auch etwas schneller gesprochen. Inzwischen aber hat sie ihre Hände wieder fallen lassen und auch den Blick wieder gesenkt. Ich überlege, ob sie sich, während sie schweigt, vom Sprechen erholt oder ob es anders herum ist. Jedenfalls scheint sie diese Pausen zu brauchen.

Shana: Ich habe geahnt, worauf ich mich einlasse, ich hatte eine Vorstellung von den native americans, davon, was sie heute sind, ich wusste das schon, bevor ich herkam und Eddie getroffen habe. Aber es war Zufall, dass ich hier gelandet bin: Mich hat damals das Gartenbauprojekt interessiert, und das hätte überall stattfinden können. Wie verrückt es ist, dass ich jetzt hier bin, unter Indianern lebe, und dass ich hier glücklich bin, ja, das ist das Unglaubliche, denn ich war zu Hause in Deutschland nicht unglücklich, ich meine, da war kein Schicksalsschlag, vor dem ich geflohen wäre, ich habe auch nie davon geträumt, eines Tages meine Heimat, ja, so weit hinter mir zu lassen. Und von genau diesem Ort hatte ich vorher nie etwas gehört. Es hätte auch anders verlaufen können, aber trotzdem, heute ist es so, wie es ist, und ich vermisse nichts, außer vielleicht manchmal meine Mutter oder das Haus meiner Oma, wo wir als Kinder oft waren.

Wieder schaut Shana mir in die Augen, als ob sie auf etwas warten würde. Aber ich will ihr nicht sagen, was ich denke. Auch Eddie ist nirgends zu sehen, vielleicht könnte er ihr mit seinem polternden Lachen weiterhelfen.

Shana: Habe ich dir von Blinky erzählt? Blinky war unser Pferd. Sie hatte schwarze, lange Wimpern und konnte blinzeln wie die Stars im Fernsehen. Sie war aber gescheckt und von weitem einer Kuh zum Verwechseln ähnlich. Sie war ein richtiger Wildwestgaul, wie du sie in Deutschland nicht zu sehen bekommst. Als Jugendliche hatte ich einen Braunen, auf einem Reiterhof, er war der Liebling einer ganzen Gruppe von Mädchen. Jede von uns hatte ihre festen Stunden, in denen sie ihn mit niemanden teilen musste. Ich habe ihn gestriegelt und gefüttert, etwas Reiten habe ich auch gelernt, nicht sehr gut. Als ich Eddie davon erzählt habe, kam er tags darauf mit der kleinen Schecke nach Hause. Auf dem Grundstück war Platz genug, da konnte sie grasen, ein Unterstand für Regentage war auch schnell gebaut, da ist Eddie geschickt. Einen Sattel wollte er aber nicht kaufen, er meinte, ich solle es wie eine Indianerin machen. Ich bin es also ruhig angegangen, mit kurzen Ausritten, und Eddie spazierte nebenher. Ich glaube immer noch, dass er gar nicht reiten kann, er wollte auch nicht, dass ich es ihm zeige, vielleicht war er zu stolz: ein Indianer, der nicht reiten kann. Ich habe ihm gesagt, dass es die europäischen Siedler waren, die die ersten Pferde auf den Kontinent gebracht haben. Das würde ihn nicht überraschen, hat Eddie geantwortet und mir dann erklärt, dass er schlicht zu dick wäre für so ein kleines Pferd.

Zum ersten Mal schaut Shana mich lächelnd, mit fröhlichen Augen an – es muss ihre Lieblingsanekdote sein. Nur allzu gern erwidere ich ihr Lächeln, aber während ich noch den Moment genieße, kehrt der Ernst zurück, und Shanas Blick schweift wieder ab.

Shana: Eines Morgens war Blinky verschwunden. Das gesamte Grundstück haben wir nach ihr abgesucht, aber keine Lücke im Zaun oder irgendwelche Spuren gefunden. Wir sind die Gegend mit dem Auto abgefahren, auf Feldwegen entlang tiefer ins Land, als ich je zuvor gewesen war, und haben aus den heruntergekurbelten Fenstern ihren Namen gerufen. Aber Blinky war fort und ist nicht wieder aufgetaucht. Vielleicht hat sie andere wilde Pferde getroffen, denen sie sich anschließen wollte, das habe ich gehofft. Wahrscheinlich wurde sie aber gestohlen und weiterverkauft oder geschlachtet, vermutete Eddie, ich glaube sogar, er hat geahnt, wer der Dieb war, aber es ist so eine Sache, jemanden zu beschuldigen, vor allem hier im Reservat, wo jeder schon bestohlen wurde; sie wurden ja bestohlen geboren, die heutigen Lakota, und haben trotzdem schon etliche Male Lebenslänglich in ihren Reservaten abgesessen, mit kleinen Dieben ist das nicht aufzuholen, ein Pferd ist weg, was bedeutet das schon, hat Eddie mich getröstet, und ich habe das verstanden, auch wenn ich anfangs sehr traurig war und auch enttäuscht.

Shana beißt sich auf die Unterlippe und lässt sie langsam zwischen den Zähnen wieder hinausgleiten. Sie zwinkert einige Male, reißt dann aber die Augen weit auf. Sie hat dunkle, schwarzblaue Augen. Ich seufze beschwichtigend, aber sie scheint es nicht zu hören. Der Wind weht jetzt lauter, und am Horizont ziehen Wolken auf.

Shana: Es ist wirklich so, dass die Lakota, ich meine, irgendwie ist die Atmosphäre im Reservat sehr friedlich, und ich spüre das oft ganz bewusst und vielleicht auch deutlicher als Eddie und die anderen, wahrscheinlich weil ich von außen komme. Natürlich passieren auch schlimme Dinge, wie überall, Betrunkene geraten aneinander, Männer streiten mit ihren Frauen, das sind so Sachen. Aber die Menschen sehen keine Zukunft, und die Vergangenheit ist finster. Und trotzdem herrscht diese Art Schuldlosigkeit; ich denke da an kein schönes Paradies, wo der Apfel noch am Baum hängt, nein, überhaupt nicht, schuldlos eher in dem Sinne, dass die Strafe viel zu groß war und jetzt alles, was die Lakota auch immer Schlechtes tun, längst verbüßt ist, ja, deutlicher, denke ich, kann ich es nicht sagen.

Shana kneift die Augen zu Schlitzen zusammen und schaut mir ins Gesicht. Sie scheint wirklich zu hoffen, dass ich verstehe, was sie zu sagen versucht, und wartet auf eine bestimmte Antwort oder nur eine Geste. Aber ich halte es nicht aus, senke den Blick und schreibe irgendetwas in das offene Notizheft auf meinem Schoß.

Shana: Du darfst nicht glauben, dass ich hier bin, weil die Lakota mir leidtun, es reicht, dass meine Familie in Deutschland das denkt und sich weigert, Eddie und mich zu besuchen. Meine Mutter sagt, ich würde ihr die Enkelkinder stehlen, dabei sind es ja meine Kinder. Wenn sie groß sind, dann sollen sie nach Deutschland fliegen und herausfinden, wo sie lieber sind, dann ist es ihre Entscheidung; bis dahin wachsen sie hier auf und nicht dort. Es ist so wunderbar, zu erleben, wie ihr Vater sie mit seiner Welt vertraut macht. Wie sehr sie sich bereits von mir unterscheiden, macht mir keine Angst, im Gegenteil. Ich weiß einfach, dass es richtig ist, hier zu sein, auch wenn das natürlich nicht alles löst, ein Rest Unzufriedenheit, ein Rest Ich-weiß-nicht-was wird immer bleiben. Aber dieser Rest stört nicht mehr so sehr, das war früher schlimmer, in Deutschland, da habe ich das noch gar nicht so verstanden, da war das normal, eine Unzufriedenheit, die eher gemacht hat, dass ich mich für die Zukunft anstrenge. Als wäre man auf irgendeiner Art von Flucht und müsste so schnell wie möglich durch die Jahre kommen. Aber das Ziel war nur der unausgesprochene Wunsch, dass irgendwann alles besser werden würde, obwohl im Grunde ja alles okay war. Als ich nach anderthalb Monaten im Reservat anfing, mich einzugewöhnen, da wurde diese Unzufriedenheit wie ein Kloß im Hals, und da habe ich verstanden, dass irgendetwas schon immer nicht gestimmt hat. Vielleicht werde ich das, wenn es lang genug gedauert hat, einfach ausspucken können und frei davon sein, vielleicht halte ich deshalb durch. Inzwischen führt kein leichter Weg mehr zurück, ich bin jetzt mit diesem Ort verwachsen, fast so stark, wie Eddie es ist, für ihn gibt es sonst nichts, dieser Boden hier ist das Einzige, was er besitzt, das kann er nicht zurücklassen, außerdem lebt er hier bei seinem Volk, wie er oft sagt, und dass es traurig ist, zu sehen, was daraus geworden ist. Vor allem will er hier sein, wenn für ihn die Zeit kommt, diese Welt zu verlassen. Manchmal spricht Eddie so. Und ich kann fühlen, was er sagt.

Beide heben wir den Kopf und schauen auf die leichten Tropfen, die zu fallen begonnen haben. Bald wird es regnen. Ich schalte das Aufnahmegerät aus und stecke es in meine Tasche. Ich klappe auch mein

Notizheft zu. Shana rührt sich nicht. Vielleicht überlegt sie, ob sie noch etwas vergessen hat, wir haben keinen weiteren Termin geplant.

Shana: Vielleicht, wenn du das dann aufschreibst oder es noch einmal anhörst, vielleicht verstehst du mich dann besser. Wahrscheinlich gibt es aber gar keine guten Gründe. Weißt du, der Kloß im Hals, manchmal meine ich, dass er endlich weit genug heraufgerutscht ist. Es ist nicht leicht, hier zu sein. Ich bin eine Fremde, obwohl ich gar nicht fremd sein will. Ich bestehe auf nichts und versuche mich so leer wie möglich zu machen, um das neue Leben vollständig führen zu können, mit Leib und Seele, wie man so sagt. Aber es funktioniert nicht immer. Hier gibt es viel Zeit und viel Raum, aber ich kann nicht so wie Eddie von Jenseits und Schicksal oder den Ahnen sprechen. Ich komme aus einer deutschen Kleinstadt, und meine Eltern haben Tag für Tag in geregelten Abläufen gelebt. Über die Vergangenheit brauchte man nicht zu reden, und die Zukunft war uns kein Rätsel. Alles war kleiner, vor allem die Probleme, Probleme waren eher wie Aufgaben, die irgendwie bewältigt wurden. Der Horizont hier ist einfach ein anderer, er befreit mich, und gleichzeitig ist er schwindelerregend.

Es regnet stärker, aber die Tropfen sind nicht kalt und kitzeln angenehm, wenn sie das Gesicht hinunterrollen. Shana und ich stehen auf und reichen uns die Hände. Ihr Griff ist unerwartet fest, ihre Hand warm, die Haut ist weich.

Shana: Jedenfalls hoffe ich, dass ich dir helfen konnte und dein weiter Weg sich gelohnt hat. Aber ein weiter Weg lohnt sich no matter what, wie Eddie sagen würde. Weißt du, seit Jahren kämme ich Eddies Haare und flechte sie zu einem langen Zopf, sie waren schwarz, jetzt sind sie grau, irgendwann werden sie weiß sein, es ist, als würde ich das Schwarz aus seinen Haaren kämmen. Er hat mir diese Handlung geschenkt, er könnte es auch allein. Jeden Morgen sitzt er auf einem Stuhl am Fenster, und ich stehe hinter ihm. Ich denke, dass ich während dieses Rituals etwas lerne, das nur auf diesem Boden und nur bei diesen Menschen zu verstehen ist, ich bin sehr dankbar dafür.

Unser Händedruck wird fester, Shana wünscht eine »gute Reise«, dann lassen wir los. Ihre Lippen zucken, sie presst sie zu einem schattigen Strich zusammen, entspannt sie wieder und lächelt sanft. Es ist Zeit, denke ich und drehe mich entschieden um. Während ich auf meinen blauen Mietwagen zulaufe, stelle ich mir vor, wie sie mir noch lange hinterherschaut. Und wirklich, als ich schon den ersten Hügel hinauffahre, erkenne ich sie im Rückspiegel: Shana steht auf der Straße und winkt.

ZUM BLAUEN LANDWIRT

Als säße ich auf einer Ameisenstraße, die meinen Arsch durchläuft wie eine dunkle Kluft. Seit mehreren Minuten spricht mein Gegenüber, soweit ich es verstanden habe, über die Abhängigkeit von Nasenspray. Ich kann ihm kaum folgen, so stark juckt es zwischen den Pobacken. Dieses Gegenüber, ein Mann, schnieft, sobald er nur einen Augenblick innehält, um sich die Worte zurechtzulegen. Dann wischt er mit den Knöcheln seines Zeigefingers an den Nasenlöchern entlang hinunter zum Mund, lässt seine Zungenspitze wie ein Insekten jagender Gecko zwischen den Lippen hervorschnellen und fischt sich den haftengebliebenen Schleim in den Mund, schließlich kratzt er sich lautstark die unrasierte Wange und redet und redet. Ich will das weder sehen noch hören. Er aber zwingt mich, ihn anzustarren, nicht eine Sekunde lässt er mich aus den Augen, selbst wenn er angestrengt in sein Taschentuch schnäuzt.

Etwas hatte mich aufgescheucht, als ich beim Scheißen hockte, und ich hatte mir zu eilig den Hintern abgewischt. Jetzt sitze ich hier und rutsche auf dem Stuhl hin und her und kann nicht zuhören, kann nicht zustimmen, nicht zulächeln, will es auch nicht. Trotzdem lässt er mich nicht allein. Was hat er gesagt? Was will der? Ich hatte mein Bier längst ausgetrunken und wollte nur einen Augenblick noch warten, bevor ich weiterziehe. Aber das Warten hat mich bloßgestellt, und dieser Kerl hat seine Chance genutzt: Mit einer Tasse heißen Tees hat er sich zu mir gesetzt, als wäre ich es, der Beistand braucht. Bald wird er mir sein Nasenspray anbieten. Weil es ihm hilft, denkt er, hilft es auch mir, hilft es der ganzen Welt. Gib her, dein Nasenspray, ich kratze mir damit mein Loch: Warum kümmert es ihn nicht, dass ich ihn gedanklich verfluche? Es ist Zeit, zu gehen, zum Bahnhof oder an den Fluss, mich zu waschen, den stinkenden Hintern und alles andere, wenn ich einmal dabei bin, auch.

Auf der Straße, gehend, reiben die Backen aneinander, und das Jucken lässt nach. Das Nasenspray läuft neben mir – er müsse in dieselbe Richtung, hat er fröhlich festgestellt, als ich mich verabschieden wollte. Er spricht über Sucht, er sagt Sucht, Sucht überall, keiner ohne, was hilft? Nichts, nur bessere Süchte, gesunde, ungefährliche. Er fragt nach meinen Süchten, aber er will nur ein Stichwort, irgendein Wort, das ihm einen Faden zuwirft, sodass er weiter und weiter sprechen kann. Ich konzentriere mich auf meinen Hintern. Schweige. Er glaubt, ich denke nach, wartet, sagt nichts, starrt mich an, wartet – was noch viel schlimmer ist als sein unablässiges Gerede. Ich antworte: Filme, schlechte Filme, in denen erst alles schief läuft, dann aber doch alles gut geht. Er beginnt zu sprechen, und ich habe wieder meine Ruhe. Ich überlege, ob ich ihm schon einmal begegnet bin. Er schnieft, schaut mich an, wartet. Ich habe seine Frage nicht gehört, was soll ich machen? Ich laufe ihm weg, das ist es. Ich beginne zu rennen.

Ich bin lange nicht mehr gerannt, so richtig mit voller Kraft, mein Schwein pfeift, wie man sagt, nach einer knappen halben Minute, einer halben Ewigkeit. Ich war schneller als er, aber er ist auch schnell, seine Schritte knallen wie Schläge mit der flachen Hand auf weiche, fette Haut. Aus weit aufgerissenen Augen glotzt er mich an, hechelt, stottert: Warum, was war denn los, alles okay, was ist passiert? Ich gehe ihm entgegen und an ihm vorbei und zurück. Dann trinkst du jetzt keinen Tee mehr, dann trinken wir richtig, und du zahlst alles, flüstere ich. Sofort fragt er: Was, was? – Neugierige Bestie. Er bleibt hinter mir, einen guten Schritt, aus Unterwürfigkeit oder, denke ich, weil er mich im Blickfeld behalten will. Ich saß allein bei einem leeren Glas, da hilft kein falscher Stolz. Wenn er sich so sehr abmüht, soll er mich haben, nehmen, tragen, Schluss. Gib her dein Spray!, denke ich nicht, ich sage es. Er kramt in seinen Jackentaschen, es klimpert, als hätte er eine ganze Sammlung dabei. Und dann schiebe ich mir den weißen Zylinder bis zum Ansatz erst ins rechte, dann ins linke Nasenloch, und drücke beide Male kräftig zu, dass es mir bis in die Nebenhöhlen schießt.

Wir sitzen auf Barhockern, den Rücken gegen den Tresen gelehnt, die Beine baumeln. Die Atemwege sind restlos frei, freier denn je, den Rauch, den Alkoholdunst und all die anderen Nuancen dieser Grubenluft einzulassen in mein inneres Königreich, errichtet auf einem wieder zum Leben erwachenden Ameisennest. Karl-Heinz, als der sich mein neuer Freund vorstellt, erzählt mir sein Leben, während ich den sechsbeinigen Wesen unter mir nachspüre.

Der Gestank von vergorener, halb verdauter Muttermilch, sagt Karl-Heinz, sei sein Einstieg in die Welt gewesen. Er schwört, sich mit allen Sinnen daran zu erinnern, wie er in frühkindlichem Erbrochenem lag, in lauwarmen Pfützen, auf einem Laken, das von all der eingetrockneten Muttermilchkotze hart war wie Pappe. Der Gestank der Achseln, an die sein Gesicht gedrückt wurde, wenn die Eltern ihn getragen haben, und der faulige Atem in kindlicher Sprache lallender Erwachsener, sagt Karl-Heinz, waren die einzige Abwechslung. Abgestumpft wie seine Nase es nach seinem ersten Säuglingsjahr war, war fortan auch der schlimmste Gestank nur ein fader Geruch. Später, als er Laufen lernte und es ihm möglich wurde, die überhitzte, vermüllte und in allen Ecken und Winkeln moderne Behausung der Eltern zu verlassen und ins Freie zu gelangen, hatte längst ein chronischer Schnupfen seine Atemwege verriegelt, sodass er auf Jahre überhaupt nichts mehr riechen musste oder konnte und der Unterschied zwischen Duft und Gestank ihm über lange Zeit fremd blieb.

Jedenfalls, und ich kürze hier seinen ausufernden Bericht ab, kam das Nasenspray wie eine Erleuchtung über ihn. Er spritzte sich die Nase frei und entdeckte seinen fünften Sinn als einen unbekannten Kontinent. »Alles war um eine Dimension reicher«, schwärmt Karl-Heinz, »öffentliche Räume, Ämterstuben, ja, sogar ich selbst hatte plötzlich einen Geruch, einen beißenden, säuerlichen Gestank, der einfach verschwand, als ich mir ein Erkältungsbad erlaubte.«

Tiefer und tiefer gerät er ins Schwärmen, seine Augen blitzen vor Begeisterung. Zwischen den Sätzen, die er mir in Windeseile entgegenzischelt, atmet er tief ein und aus und drückt sich fast beiläufig sein Spray in die Nase.

Ich greife mein Bier vom Tresen und trinke Schluck für Schluck, ohne abzusetzen. Am Boden des Glases erkenne ich sein verschwommenes Gesicht, seinen Mund, der auf- und zuklappt wie ein aufgeregt pumpendes Herz. In seinen Mundwinkeln kleben zähe Reste schaumigen Speichels – eine lebensnotwendige Körperflüssigkeit, die alles zusammenhält und den Zerfall aufschiebt, bis Karl-Heinz fürs Ende bereit ist, denke ich und setze mein Glas ab. Ich strecke meine Hand aus und wische mit der Spitze meines Zeigefingers seine Unterlippe entlang. Er rührt sich nicht, hält den Atem an, lässt es geschehen. Bevor nur ein einziges Bläschen der winzigen Schaumkrone auf meiner Fingerkuppe platzen könnte, streiche ich sie mir auf die Zunge. Ich schmecke nichts, aber spüre sofort ein Prickeln, das auch die letzte der endlosen Anzahl meiner absterbenden Zellen belebt. Karl-Heinz schweigt und starrt, als hätte diesmal ich eine Frage gestellt, die nicht zu verstehen ist.

Ich lächele und schließe die Augen.

Endlich still, sitzen wir immer noch am Tresen, der längst gewischt ist. Die Stühle stehen auf den Tischen. Der Dreck ist vor die Türe gekehrt. Durch ein angekipptes Fenster zwängt sich die tausendmal ausgehauchte, alkoholisierte, abgebrannte Luft ins Freie. Der Wirt ist im Keller verschwunden. Uns bleiben nur ein letzter Schluck am Boden der Gläser und ein ungewisser Heimweg. Karl-Heinz' Körper hält sich irgendwie aufrecht. Ihm selbst scheint jeder Wille abhandengekommen zu sein, er wäre damit einverstanden, weggekehrt, aufgewischt oder ausgepustet zu werden, aber er lebt und spritzt Nasenspray in die Luft. Blasse Fontänen steigen auf, zerstäuben und sinken träge zur Erde. Plötzlich stürze ich kopfüber.

Karl-Heinz ruft meinen Namen. Er ruft ihn und ruft ihn erneut. Ich weiß nicht, was er ruft. Vielleicht betet er zu einem lieben Gott oder ruft den Wirt. Kah-leins, flüstere ich panisch und versuche mich am Boden festzukrallen, aber die Nägel finden keinen Halt, die Zähne nichts zu beißen. Der heiße Atem einer brechenden Stimme berührt mein Ohr: »Schlaf ma, schlaf ma ruhig.«

KALT GENUG

Lange war er nicht mehr hier gewesen. Den Weg vom Bahnhof zur Siedlung, an den Vorgärten vorbei, hinaus zur Kläranlage, über die Felder, zuletzt den Waldweg, der zu dem aalglatten Häuschen führte, das sein Bruder mitten in einem abgelegenen Waldstück über Jahre hinweg gebaut hatte, hatte er trotzdem auf Anhieb wiedergefunden. Als ginge ihn die Welt nichts an, hatte Wolfgang damals beschlossen, eine Festung zu bauen, umgeben von einem breiten Kranz undurchdringlicher Wildnis. Er hatte ihn nicht herbestellt, hatte ihm nicht befohlen zu kommen, sondern ihn gebeten, »bitte komm«, und das war Grund genug, diesen Weg einmal mehr anzutreten.

Als Georg die Einfahrt des Grundstücks betrat, brannten in den Silbertannen versteckte Scheinwerfer auf. Kurz darauf kam sein Bruder auf ihn zu, trat mitten hinein ins weiße Licht, unförmig, aber riesig, er trug eine schwarze Daunenjacke, eine Fellmütze und hohe, klobige Winterstiefel. Seine Wangen glänzten, seine Augen waren von Schatten verborgen. Er atmete blassen Nebel aus. Georg vergaß für Augenblicke die Kälte und lächelte. Wolfgang hob die Arme, seine Hände steckten in schweren Fäustlingen, er streckte sie Georg entgegen und ließ sie wieder sinken.

»Ich muss dir etwas zeigen!«, rief Wolfgang und lief zurück in Richtung Haus.

Ein Motor surrte, das Garagentor öffnete sich. Ein schwarzer, sauber schimmernder Wagen stand im bleichen Schein einer Leuchtstoffröhre. Die Türschlösser klackten, Blinklichter blitzten auf. Wolfgang zwängte sich hinter das Steuer, zog den rechten Handschuh mit den Zähnen aus, schüttelte den linken ab. Ein viel stärkerer Motor heulte jetzt auf. Das Auto sprang auf Georg zu, hielt abrupt, verstummte wieder. Die Wagentür knallte. Wolfgang lief zurück in die Garage, winkte Georg heran, der ihm wie durch eine gläserne Wand hindurch zugeschaut hatte.

Widerwillig schlich Georg um den schwarzen Wagen herum in die Garage und beugte sich zu Wolfgang, der über einer rostbraunen Eisenplatte hockte. Es dauerte einige Sekunden, bis er sich überwand und die Hände aus den Jackentaschen zog, um seinem Bruder zu helfen. Mühsam zerrten sie die Platte zur Seite, unter der sich eine quadratische Öffnung, der Zugang zu einer Kellertreppe, auftat.

»Geh schon«, sagte Wolfgang, als Georg in das dunkle Loch nur hinabstarrte, und drückte mit der Fußspitze auf den Lichtschalter. Es war eine Treppe aus Beton, höchstens zehn Stufen, mehr nicht. Georg stieg hinunter, dicht hinter ihm folgte Wolfgang. Die Treppe führte in eine kleine Kammer, in der nichts war außer einer grau gestrichenen Eisentür. Georg wollte die Klinke greifen, aber Wolfgang presste ihn gegen die grob verputzte Wand und zwängte sich an ihm vorbei.

Ein Schlüsselbund klapperte. Kein Quietschen, kein Kratzen, völlig lautlos öffnete sich die schwere Tür in den Kellerraum. Wolfgang verschwand ins Dunkel. Ein leises Klicken, da tauchte er im Lichtkegel einer Deckenlampe wieder auf, die Perlenschnur des Schalters noch in der Hand.

»Komm rein«, zischte er, als Georg sich nicht von der Stelle rührte. Wolfgang zeigte auf eine hüfthohe Kühltruhe und trat an sie heran. Das Brummen der Kühlung war zuerst leise; während die beiden schwiegen, schien es lauter zu werden. Georg senkte den Kopf und lief auf Wolfgang zu. Er ließ seine Hände auf den staubigen Deckel der Truhe fallen, was in der Stille des Kellers ein geradezu lautes Geräusch abgab, dann hauchte er einen langgezogenen, dumpfen Ton aus, eine Art einleitendes »Äh«, auf das jedoch nichts folgte.

Schließlich spreizte er seine Hände, ballte sie zu Fäusten und spreizte sie wieder. Sie steckten in abgewetzten Lederhandschuhen, die vor der Kälte nicht schützten.

Noch einmal klapperte der Schlüsselbund. Wolfgang fingerte an einem Vorhängeschloss herum, richtete sich plötzlich in einem Ruck auf und riss den Deckel der Truhe hoch. Georgs Hände zuckten in die Höhe, die rechte schnellte gegen Wolfgangs Brust, aber Wolfgangs aufgeblähte Daunenjacke schluckte den Schlag, als wäre sie eigens zu diesem Zweck gemacht. Er packte Georg am Oberarm. »Du musst mir helfen. Es wurde zu oft nach ihnen gefragt«, stieß Wolfgang in einem einzigen Atemzug hervor und schwieg.

Georg schwankte in winzigen Kreisen, seine Lippen zwischen die Zähne geklemmt, die Finger tasteten durch die Luft, als suchten sie Halt: das Holz der Theke, ein Flaschenhals, die warme Hand eines Betrunkenen, der goldene Zapfhahn. Aber da war nichts, nur Wolfgang, der ins Leere starrte und hörbar ruhig ein- und wieder ausatmete, für einen Augenblick schloss er sogar die Augen. Er ließ Georg Zeit, war voller Geduld und Nachsicht, als hätte er von ihm genau diese Reaktion erwartet.

Georg, der sich vorgenommen hatte, auf alles gefasst zu sein, war noch während des Fußwegs durch Wolfgangs Wald zu der nüchternen Einsicht gelangt, dass es sich bei Wolfgangs Bitte im Grunde nur um eine körperlich anstrengende Arbeit am Haus handeln könnte, etwas, dass für Wolfgang allein unmöglich zu schaffen war. Er hatte sich ausgemalt, wie sie, nur die mindesten Worte wechselnd, einen zu hoch gewachsenen Baum fällen würden, von dem Wolfgang befürchtete, dass er bei einem stärkeren Unwetter vom Blitz getroffen auf das Dach seines Hauses stürzen könnte. Er hatte sie beide schon vor sich gesehen, wie sie nach getaner Arbeit einander unschlüssig gegenüberstanden und wie Wolfgang ihm gerade in dem Moment, in dem Georg anhob, etwas zu sagen, die Hand entgegenstreckte, um ihm zu danken und ihn zu verabschieden. Im Grunde hatte Georg gemeint, mit dieser Vorstellung bereits auf das Schlimmste gefasst zu sein.

Jetzt atmete er schwer und mit offenem Mund. Er kniff die Augen zusammen, wiederholte sich die Worte Wolfgangs, »Du musst mir helfen. Es wurde zu oft nach ihnen gefragt«, und wiederholte sie immer wieder, bis sie laut wurden und für einen kurzen Augenblick eine Ordung schafften. Mit schwerer Zunge stammelte Georg schließlich: »Bei-de?«.

Wolfgang wies mit dem Kopf auf eine zweite Truhe, die an der hinteren Wand unter einem Kellerfenster stand. Georg sah hin, stand starr, riss den Mund auf, als würde er gähnen, aber er atmete nicht. Er fuhr sich mit der Hand langsam von der Stirn bis zum Kinn und hauchte in das kalte, raue Leder. Dann ließ er den Kopf sinken und blickte hinab zu dem kleinen, in die Jahre gekommenen Mann, der zusammengekauert in der Truhe saß. Die Mütze war ihm in die Stirn gerutscht, Mund und Kinn waren von einem Wollschal verdeckt. Eiskristalle glitzerten auf der bläulichen Haut. Obwohl er sich kaum erinnerte, wusste Georg doch, dass dieser Mensch sein Vater war. Mein Vater, dachte er und versuchte, die Jahre zu zählen, seit er ihn zuletzt gesehen hatte, aber gelangte zu keinem Ergebnis. Er knirschte hinter geschlossenen Lippen, stammelte einige kehlige Silben. »Was … das?«, brachte er endlich heraus.

Unvermittelt fiel ihm auf, dass das Kellerfenster, unter dem die Mutter in der Truhe liegen sollte, mit weißer Farbe gestrichen war.

Genauso hatte er es auch im eigenen Keller getan, wo er die Getränke lagerte und das Feldbett stand – letzte Gäste, die den Heimweg nicht mehr finden würden, schickte Georg dort hinunter.

»In den Wald, heute ist es kalt genug. Sie sind erfroren, Schlaftabletten, und dann gemeinsam erfroren. Wenn du willst, darfst du sie gleich morgen finden. Oder irgendwer. Wir setzen sie auf einer Bank ab. Ich brauche dich. Du kannst Mama tragen, vielleicht ist sie leichter. Oben nehmen wir dann die Schubkarren.«

Zum ersten Mal schaute Wolfgang seinem Bruder ins Gesicht. Georg starrte noch immer reglos auf das gräuliche Weiß der Fensterscheibe. Erst als Wolfgang die Hand hob und auf seine Schulter zubewegte, antwortete Georg: »In Ordnung.«

Eine Viertelstunde später schoben sie ihre Eltern einen schmalen Trampelpfad entlang. Wolfgang ging voran. Er kannte jeden Winkel in seinem Wald, wie er sagte. Georg versuchte erfolglos, den Blick auf den Rücken seines Bruders gerichtet zu halten. Die kleine Mutter, die im Alter zugenommen hatte, saß vor ihm in der Schubkarre. Ihre Beine ragten steif über den Rand der Schubkarre hinaus. Sie trug weiße, winterliche Lederstiefel, die in der Dunkelheit zu fluoreszieren schienen. Georg glaubte, das Modell zu erkennen, aber ihm fiel nicht ein, wo oder wann er es schon einmal gesehen hatte. Es war eine klirrend kalte Nacht, gefrorenes Laub knirschte unter den Schuhen und den Rädern der Schubkarren. Zu hell, dachte Georg. Normalerweise liebte er klare Nächte, vor allem wenn Vollmond war, heute aber wäre Finsternis besser gewesen. Wie Wolfgang es wohl angestellt hatte, überlegte Georg. Hatte er ihnen die Winterkleidung angezogen? Wie hatte er sie in das Kellerloch getragen, in die Truhen gehievt? Ob Martina geholfen hatte? Ob sie dieses Geheimnis geteilt hatten? Seit wie vielen Jahren? Würde er Martina treffen? Dass er nichts geahnt hatte, ärgerte ihn. Wolfgang musste es seit Langem geplant haben, schon als er begonnen hatte, sein verfluchtes Haus zu bauen; alles mit dem Geld der Eltern, die es begrüßt hatten, dass ihr Ältester in etwas Dauerhaftes investieren wollte. Damit hatte er einfach nicht rechnen können, und trotzdem, dachte Georg, hatte er im selben Augenblick, als Wolfgang den Deckel der Truhe hochhob, auf einen Schlag alles verstanden. Ob Wolfgang ihr Zimmer angerührt hatte, die kleine Dachkammer, die er ihren Eltern für den Lebensabend versprochen hatte? Ein schönes Kinderzimmer. Hatten sie ein Kind? Ob Martina überhaupt noch bei ihm wohnte? Für Georg spielte es keine Rolle. Er würde nicht auf den Morgen warten. Wenn Wolfgang und er fertig wären, würde er keine Fragen stellen, er wollte kein Geld, keine Freundlichkeit. Er würde seinem Bruder die Hand schütteln und gehen. Was hatte er getan, als er Wolfgangs Nachricht bekommen hatte? Wobei hatte er ihn unterbrochen? Georg erinnerte sich nicht. Es würde ihm wieder einfallen, wenn er erst auf dem Heimweg wäre. Wohin? Georg lächelte. Alles war plötzlich sehr weit weg. Seine Arbeit, die Menschen, die er kannte, die Wege, die täglich anstanden – als hätte diese kurze Zeit ein gesamtes Jahrzehnt verschluckt. Es musste an der ungewohnten Bewegung liegen, an der Nacht. An der ungewohnten Situation. Trotz der Kälte war er ins Schwitzen geraten. Aber das Laufen tat gut. Die kühle Luft, die Stille, das Schweigen. Warum ärgerte er sich? Er hätte nicht kommen müssen. Die Neugier hatte ihn getrieben. Er hatte wissen wollen, was geschehen war. Jetzt wusste er es. Im Grunde seines Herzens hatte er es immer gewusst. Wolfgang war wirklich sein Bruder. Er war nichts Besseres, in jedem Fall nicht das, was ihre Eltern in ihm gesehen hatten. Er könnte bleiben, überlegte Georg. Vielleicht würde sein Bruder den Kamin anfeuern. Es war viel Zeit vergangen. Vielleicht würde diese Nacht eine Art Stunde Null begründen. Wolfgang hatte ihn mehr als nur um Hilfe gebeten. Er hatte ihn in sein dunkelstes Geheimnis aufgenommen, dachte Georg. Vielleicht, durchfuhr es ihn, hatte Wolfgang all das auch für ihn, für seinen Bruder, getan. Brüder sind nun einmal Brüder, wie ihr Vater oft gesagt hatte. Georg war sich jedoch nie sicher gewesen, was diese Feststellung für seinen Vater bedeutet hatte, ob sie überhaupt etwas bedeutet hatte.

Ein Ast, der ihm übers Gesicht streifte, riss Georg aus seinen Gedanken. Er zuckte zurück, wischte sich über die Wange. Nichts regte sich im Wald außer Wolfgang und ihm und den Schubkarren, in denen die steifen Eltern leise vor sich hin holperten. Trotzdem schien es Georg, als lauere etwas zwischen den kahlen Bäumen. Als Kind hätte ihn die Angst gepackt, heute wusste er, dass da nichts war, keine Gespenster, keine Gefahr. Drei Meter vor ihm schnaufte sein Bruder. Auch vor ihm fürchtete Georg sich nicht. Beide waren sie älter geworden, ruhiger und schwerfälliger. Unter der dicken Daunenjacke hatte Georg zwar nicht erkennen können, ob auch Wolfgang zugenommen hatte, aber es war zu vermuten. Das Geld der Eltern, das eigene Haus, das Auto, es klang Georg nach einem behaglichen, erfüllten Leben. Sein Bruder hatte alles, was er brauchte; nur heute Nacht, dachte Georg, für diese letzte Sache, hatte Wolfgang niemanden außer ihm.

Mit einem lauten »So« zwängte sich sein Bruder zwischen einer Wand dichter Büsche hindurch. Plötzlich standen sie am Waldrand, vor ihnen ein eisig glitzernder Acker. Noch etwa hundert Meter schoben sie die Karren einen Forstweg entlang. Der Boden war fest gefroren wie Zement. Die Eltern wackelten hin und her, als es über die tiefen Reifenspuren der Traktoren ging. Endlich wurde Wolfgang langsamer, sie steuerten auf eine Bank aus morschem, silbrigem Holz zu. »Hier saßen sie oft, haben das Wild beobachtet«, erklärte er. Er fischte eine Thermoskanne und einen Lappen aus seinem Rucksack, schüttete etwas heißes Wasser über die Sitzfläche und verwischte es, er wischte auch über die Lehne.

»Los jetzt!«, rief er seinem Bruder zu. Sie packten ihre Eltern unter den Armen, zerrten sie aus den Schubkarren. Die Füße schleiften über den Boden. Geradeso saßen sie aufrecht. Wolfgang rückte sie aneinander. Er hat sie so eingefroren, dass sie auf einer Bank sitzen können, dachte Georg und kam sich für einen kurzen Moment wie der kleine Bruder vor, der bei den Streichen des älteren dabei sein darf. Wolfgang goss noch einmal heißes Wasser zwischen die steifen Eltern, packte sie bei den Schultern und drückte sie zusammen, als wollte er sich mit einer kräftigen Umarmung von ihnen verabschieden. Georg trat einen Schritt auf sie zu. Schon richtete sich Wolfgang wieder auf, er rieb die Thermoskanne ab und klemmte sie dem Vater zwischen die Beine. Den Lappen stopfte er in seine Jackentasche. Breitbeinig stellte er sich vor den beiden auf, prüfte noch einmal, ob die Szenerie auch den gewünschten Eindruck machte. Möglicherweise flüsterte er sogar ein paar Worte, Georg konnte es nicht genau erkennen, für letzte Worte bliebe aber, überlegte er, bei der nun doch anstehenden Beerdigung genügend Zeit. Dann klopfte sich sein Bruder mit den flachen Händen zweimal auf den Bauch, drehte sich herum, zog die Augenbrauen hoch, griff eine der beiden Schubkarren, sagte: »Bald soll es schneien, besser ich warte das ab und rufe dann erst die Polizei.« Georg nickte nur, schon ging es zurück.

Wolfgang schien erleichtert. Sie liefen jetzt auf breiteren Wegen in großem Bogen um den Wald herum. Auch die Schubkarren hüpften jetzt höher. Georg hatte gedacht, dass es tatsächlich besser wäre, wenn er sie finden und, so wie von Wolfgang vorgeschlagen, auch als Erster mit der Polizei sprechen würde. Er war unvoreingenommener, vielleicht würde er die Überraschung besser spielen können. Er wollte aber nicht darauf bestehen, außerdem verstand er, warum Wolfgang auf den Schnee warten wollte. Er hatte auch gar nicht die Kraft, seinem Bruder zu widersprechen. Er war müde, erschöpft und auch verwirrt. Viel war passiert. Wolfgang stapfte mit ihm durch die Kälte. So hatte ausgerechnet ihr Vater sie zu guter Letzt noch zusammengebracht, auf einem merkwürdigen Umweg. Georg kicherte. »Wie lange hattest du sie da unten?«, fragte er. Wolfgang sah aus den Augenwinkeln zu ihm hinüber, wies mit dem Kopf nach links. Sie bogen in einen Waldweg ein. »Sag schon, erzähl ein bisschen!«, beharrte Georg, der nun erneut hinter seinem Bruder herlaufen musste. »Wie bist du auf diese Idee gekommen?«, rief er. »Griechisches Modell, oder was?«

Jetzt seufzte Wolfgang und sog die kalte Luft ein. »Nein. Ich habe sie so gefunden. Sie hatten einen Brief hinterlegt. Sie hätten nicht mehr gewusst, wozu weitermachen. Zehn oder mehr Jahre ohne Kraft, etwas Richtiges zu tun. Niemandem wäre geholfen. Sie wollten keine Behinderung sein. Sie haben geschrieben, dass sie im Keller liegen, und haben noch Anweisungen gegeben. Wenn dein Bruder mithilft, wenigstens zum Schluss, kriegt er etwas vom Geld, hat Papa geschrieben. Ich kann ihn dir zeigen, den Brief. Geld kriegst du also auch.«

Mit jedem seiner Schritte bewegten sich Wolfgangs breite Schultern auf und ab; Georg kannte den Rhythmus dieser Schritte, doch jetzt fiel er ihm auf, als sähe er ihn zum ersten Mal. Sein Bruder schwieg, und auch Georg hatte keine weiteren Fragen, keine Sätze, keine Worte. Er stolperte hinter Wolfgang auf die Lichtung des Hauses. Sofort brannten die Scheinwerfer auf. Er wollte seinen Bruder rufen, wollte, dass Wolfgang, der wie ein Schatten unermüdlich vor ihm herlief, stehen blieb, sich umdrehte, er wollte ihm sagen, dass er jetzt gehen würde. Aber schon war Wolfgang ins Haus getreten, und die Tür war offen geblieben.

Als die Dämmerung anbrach, lag Georg nackt im verlassenen Bett seiner Eltern. Die Heizung brummte, und der Geruch von verbranntem Staub stieg auf. Das Bettzeug war zuerst eisig kalt gewesen, er hatte sich darin zusammengekauert wie ein Ungeborenes. Aber nach und nach hatte seine Körperwärme sich durchgesetzt und ausgebreitet. Georg hatte sich auf den Rücken gewälzt, die Beine ausgestreckt. Jetzt lag er da, kerzengerade, starrte auf die holzvertäfelte Dachschräge und spürte, wie der Schlaf über ihn kam. Irgendwo im Erdgeschoss knarrte eine Tür, Schritte waren zu hören, Geschirr klapperte. Wahrscheinlich war es Martina, die den Tisch deckte.

»Wahnsinnige Väter stolzieren die Boulevards auf und ab, brüllend.
Meide sie, umarme sie oder erzähle ihnen deine tiefsten Gedanken –
ganz egal, sie haben taube Ohren.«

(Donald Barthelme, *Der Tote Vater*)

LIEBES KIND,

ich weiß, und deine Mutter weiß es auch, wir wissen, dass es unmöglich ist, dir zu schreiben. Du warst nie da. Und trotzdem bist du es
doch. Deine Mutter und ich reden über dich und denken an dich.
Beide sprechen wir zu dir. Wenn deine Mutter mir »Gute Nacht«
sagt und ich noch einige Minuten wach liege, kommst du, schaust
mich an und hörst jeden meiner Gedanken. Schließe ich dann die
Augen, kann ich verschwommen dein Gesicht erkennen. Sobald ich
aber versuche, genauer hinzuschauen, blicke ich ins Dunkel meiner
Augenlider. Wie könnte es anders sein? Ich habe dein Gesicht nur
ein einziges Mal auf einem hochaufgelösten Ultraschallbild gesehen. Es sah aus wie aus Teig geknetet. Leider hat deine Mutter das
Bild zwischen die Seiten eines Buches gelegt, wo es dann unauf-
findbar wurde. Wir haben so viele Bücher, so viele gute Bücher, von
denen wir uns gewünscht hätten, dass du sie eines Tages lesen würdest. Schlechte Bücher sammeln wir in einem Pappkarton, um sie
einmal im Jahr an ein Antiquariat zu verschenken. Und immer wieder kaufen wir Kinderbücher für dich – ganz egal, wie oft wir uns
vornehmen, damit aufzuhören, an dich wie an einen echten Menschen zu denken. Selbst wenn es dich in einer jenseitigen Welt noch
geben sollte und wir auf eine übersinnliche Art und Weise mitein-

ander in Verbindung stünden, könnten wir doch nie sicher sein, dass du unsere Worte, die hier geschriebenen, die leise gesprochenen und auch die gedachten, je verstehst. Wir wissen nicht, was aus dir geworden ist. Wir wissen nur, was aus dir höchstwahrscheinlich geworden wäre. Und selbst das stört uns jetzt nicht mehr.

Wenn ein behindertes Kind in seinem Kinderwagen an mir vorbeigeschoben wird, was neuerdings oft und überall vorzukommen scheint, versuche ich vergeblich, den alten Ekel wiederzufinden. Ich muss lächeln, aber spüre gleichzeitig eine große Traurigkeit. Ich erinnere mich noch gut an einen Tagesausflug in die Wälder rund um die Frohtaler Anstalten. Nach einer äußerst erholsamen Waldwanderung steuerten deine Mutter und ich die Anstaltskantine an, deren gutes und preisgünstiges Angebot längst kein Geheimtipp mehr war. Der Zufall wollte es, dass ein Behinderter direkt in meinem Blickfeld saß. Der Bewegungsablauf des Essens strengte ihn sichtbar an, trotzdem aß er mit einer gierigen Fröhlichkeit, seine schiere Lust daran durch keinerlei Zurückhaltung bremsend. Die fürsorgliche Bemühung der gesunden Frau, die wohl seine Schwester, Ehefrau oder schlicht eine gute Freundin, in jedem Fall seine Pflegerin war, ihm mit der Serviette das Gesicht abzuwischen oder einen von der Gabel gefallenen Happen zurück auf den Teller zu legen, widerte mich dermaßen an, dass ich den Platz wechseln musste, um, den Behinderten im Rücken, meinen Appetit wiederzufinden. Auch deine Mutter hatte mit Übelkeit zu kämpfen: Sie hielt den Blick angestrengt auf ihr Essen gesenkt und aß Bissen für Bissen mit stoischer Zielstrebigkeit auf. Für den nächsten Ausflug in die schönen Wälder rund um die Anstalten würden wir einen Proviantkorb packen, das stand fest. Ich hatte nie über Behinderte nachgedacht, von da an aber wusste ich, dass sie mir ein einziges Rätsel waren, dessen Lösung mich jedoch nicht im Geringsten interessierte.

Ja, deine Mutter und ich hätten in unseren kühnsten Träumen

nicht daran gedacht, unser Leben, selbst einen Bruchteil davon, einem Behinderten zu widmen. Deine Mutter und ich hatten ja überhaupt kein Kind gewollt, auch kein gesundes, meine ich. Aber unser Leben hätte es zugelassen: Wir hatten Arbeit, keine aufwendigen Hobbys, unsere Beziehung war stabil, und deine Mutter war eine gesunde, sportliche Frau. Es bot sich an, ein Kind zu bekommen. Außerdem verstand ich mich unerwartet gut mit meinem Neffen. Er brachte mich zum Lachen. Wenn ich ihn anhob und wie ein Flugzeug durch die Luft bewegte, dann erinnerte ich mich an fröhliche Momente meiner eigenen Kindheit: Was für eine Freude es für mich gewesen war, wenn Vater mir an den Wochenenden erlaubte, vor seiner Werkstatt zu spielen. Bevor er sich an die Werkbank setzte, räumte er eine Kiste mit Hammer, Nägeln und Restholz vor die Garage. Ich rollte mir die alte Steppdecke aus, dann durfte ich bauen, was mir so einfiel, Tische, Stühle, Schränke, Hocker. Mein Vater war stolz auf mich, er lobte, was auch immer ich ihm zeigte. Wenn ich müde wurde und keine Lust mehr hatte, was meist passend zur Abendbrotzeit der Fall war, griff er zu Hammer und Zange und hatte in nur wenigen Minuten alles wieder auseinandergebaut. Er bog sogar die krummen Nägel wieder gerade. Dabei presste er die Lippen so aufeinander, dass der dünne Schlitz seines Mundes unter dem dichten Schnauzbart restlos verschwand. Wenn dann die Konzentration ihn zwang, auch noch den Atem anzuhalten, war es für Augenblicke, als wäre er vollends erstarrt. Bis der Nagel nachgab und das Gesicht meines Vater zischend in seine eigentliche Form zurückglitt. Ich empfand ihm gegenüber so etwas wie liebevolle Ehrfurcht. Gern hätte ich ihn durch dich zum Großvater gemacht.

Die Idee, ein Kind zu bekommen, gefiel uns jedenfalls immer besser. Wer hätte damit gerechnet, dass es auf Anhieb klappen würde? Deine Mutter kannte ihren Zyklus gut und hat mich in den Tagen ihrer Fruchtbarkeit wiederholt verführt – wie sehr ich manchmal wünschte, dass du diese zauberhafte Frau kennengelernt hättest. Obwohl wir zuversichtlich waren, auf jeden Fall ein gesundes Kind zu bekommen, haben wir dich oder das, was du damals warst, sehr früh schon untersuchen lassen. Wir waren beide erstaunt über die Möglichkeiten der heutigen Technik. Die Fortschritte in der Medizin sind mitunter unglaublich. Als du zum ersten Mal detailliert vermessen wurdest, kaum so groß wie mein Daumen, warst du schon ein vollständiger, sehr kleiner Mensch. Wir haben deine Knochen gezählt, deine Fingerknochen, deine Unterarmknochen: Elle und Speiche, beides war schon da. Schöne Oberschenkelknochen hattest du und auch Schienbeine. Der Abstand zwischen deinem großen und den übrigen Zehen war wohl etwas groß. Als der Doktor die Stirn runzelte, haben deine Mutter und ich uns erschrocken angesehen. Daraufhin wurde ein winziger Fleck in deinem Nacken vermessen, ein schwarzes Ödem unter der Haut, von einer Flüssigkeit herrührend, die dein Körper in deinem Alter noch nicht abbauen konnte. Dieses Ödem war ebenfalls zu groß. Ich kann mich an die genauen Zahlen nicht mehr erinnern, aber von da an hieß es, anzunehmen, dass du nicht gesund, sondern behindert warst. Deine Mutter hat geweint, und ich auch. Es war ein sehr schlimmer Tag. Wir hatten nur das Beste für dich gewollt. Vielleicht hatten wir auch für uns nur das Beste gewollt. Aber war das nicht ein allzu menschlicher Wunsch?

Natürlich haben wir uns später oft die Frage gestellt: Was wäre wenn? Unser Blick für behinderte Kinder wurde offener, wir schauten nicht mehr weg. Und sie lachten tatsächlich genauso schön, wenn nicht schöner als gesunde Kinder. Ihre Mimik hatte etwas Groteskes, Fratzenartiges, das man jedoch nicht vorschnell mit Hässlichkeit verwechseln durfte. Sie waren andere, besondere Wesen. Auch ihrer Existenz lag wohl eine allgemeingültige Bedeutung zu Grunde, die dem rein rationalen und leistungsorientierten Menschen jedoch verborgen bleibt. Inzwischen weiß ich, dass diese Erfahrung mich zu einem anderen gemacht hat. Es war trotzdem eine spürbare Erleichterung, als deine Mutter und ich uns darauf einigten, eine derartige Entscheidung nicht noch einmal treffen zu wollen, und wir uns versprachen, nie wieder eine Schwangerschaft zu riskieren.

Auch die Folgeuntersuchungen hatten die hohe Wahrscheinlichkeit deiner Behinderung nicht widerlegt. Die moderne Technik ließ uns die Wahl. Für mich wurde es vor allem psychisch eine schwere Zeit, für deine Mutter wurde sie auch zu einer physischen Herausforderung. Der Eingriff war heftiger, als wir erwartet hatten. Deine Mutter musste einige Tage im Krankenhaus verbringen; mehrere Monate verstrichen, bis sie sich vollends von deiner Abtreibung erholt hatte.

Wir haben dich nie in echt gesehen. Wir hätten die Ärzte darum bitten können. Deine Behinderung hätte man dir in dieser Phase deines Lebens sicherlich nicht angesehen. Im Nachhinein bin ich aber sehr froh, dass wir darauf verzichtet haben, uns deinen winzigen Leichnam aushändigen zu lassen. Dann hätten wir eine Beerdigung abhalten müssen, die ja ein Zeremoniell des Abschieds ist. Auf eine gewisse, seltsame Weise bist du uns so erhalten geblieben. Du konntest zwar den Körper, der in deiner Mutter für dich gewachsen war, nicht beziehen, dafür standen dir aber unsere Herzen offen. Lass es Unvernunft sein, nenn es Tollheit, wir spüren einfach, dass du da bist. Im starken Bewusstsein, dass auch du zuhörst und deinen Spaß an diesen einfachen Geschichten hast, lesen wir uns deine Kinderbücher vor. Deine Mutter hat eine sehr warme und liebevolle Stimme, ihre Aussprache ist deutlich und ohne jegliche Spur von Dialekt oder Umgangssprache. Wenn sie in dem ledernen Ohrensessel, ein Geschenk ihrer Eltern zum Abschluss ihres Studiums, Platz genommen hat, das Buch in beiden Händen hält und in ruhiger Geschwindigkeit ein Märchen vorliest, scheint auch sie selbst einem Märchen entsprungen zu sein. Schaut sie dann auf und unsere Blicke treffen sich, liegt zwischen uns eine Innigkeit, die einem Urzustand menschlichen Daseins zu entstammen scheint. Ja, die gemeinsame Entscheidung zum Schwangerschaftsabbruch hat uns einander nur noch nähergebracht, davon bin ich überzeugt. Natürlich ist der Verlust eines Kindes eine schwere Last, unter der eine Liebesbeziehung auch zerbrechen könnte. Unsere Beziehung aber wurde um einen Hauch von Tragik bereichert. Kehrt Traurigkeit ein, ist es eine Traurigkeit, die wir miteinander teilen. Wir verfallen dann in eine nachdenkliche, melancholische Stimmung, die uns so bislang fremd war, verstummen und halten uns bei den Händen. Wie ein zum Licht weisender Engel führst du uns aber durch diese düsteren Zeiten.

Deine Mutter beschreibt dich anders als ich. Du bist ihr, erzählt sie mir, ein kindlicher Knabe, hast Locken, aschblond, und glänzend rote Lippen. Deine Augen würden eine allwissende Kraft ausstrahlen, wie es Babyaugen ja tatsächlich oft tun. Mit deinen zarten Fingerspitzen würdest du ihr über die Wangen streichen und ihre Tränen abtupfen. Eigentlich wischt sie sich ihre Tränen mit einem winzigen Strampler ab, der für dich bestimmt war, und wiederholt dabei flüsternd, dass eine wie sie dich ja gar nicht verdient gehabt hätte. Möglicherweise hat sie damit recht: Vielleicht konnten wir dir keinen gesunden Körper schenken, weil wir dich nicht verdient haben. Und trotzdem bist du nach dem Schwangerschaftsabbruch bei uns geblieben. Vielleicht warst du sogar dankbar, dass wir dir das Leben eines Behinderten erspart haben. Es waren ja nicht nur wir, die gegenüber den Behinderten Vorurteile hegten. Nein, sie sind generell unerwünscht. Im Warteraum der Praxis für Pränatales warteten auch andere Pärchen ängstlich auf die »Wahrscheinlichkeit«. In dieser Welt hättest du zu einer aussterbenden Art gehört. Du kannst heilfroh sein, würde mein Vater sagen. Die wenigen, die es noch gibt, leben entweder unter der Obhut ihrer von der Außenwelt isolierten Eltern, die die Enttäuschung über die Behinderung des eigenen Kindes verdrängen – für Eltern ist es nicht schön, sich in einem behinderten Kind wiedererkennen zu müssen – und sich einzig durch ihren Dienst am hilflosen Kind definieren. Diese Selbstlosigkeit deuten sie als moralisches Prinzip, so können sie den Schmerz der Selbstaufgabe kompensieren und sich über die vermeintlich selbstsüchtige Welt erheben. Die Mehrheit der Behinderten aber lebt in Heimen, wo bezahlte Pfleger die Arbeit von Eltern oder Geschwistern verrichten.

Natürlich bin ich selbst nie Behinderter gewesen. Aber ich habe auch nie gedacht: Wie schön wäre es doch, behindert zu sein. Als empathiebegabter Mensch schätze ich die Freuden einer Behindertenexistenz als sehr gering ein. Nein, mein Kind: Sei heilfroh. Wir sind keine Feinde des Lebens, selbst wenn manche dies so sehen wollen. Wir haben das Richtige für dich bestimmt. Es mag verrückt klingen, aber deine fortdauernde Gegenwart und die Liebe, die du tagtäglich in unser Leben bringst, beweisen uns, dass wir uns nicht geirrt haben: Wir haben dich verdient! Aber nicht als behindertes Kind, sondern als ebendiese Lichtgestalt, als die du in uns auferstanden bist. Deine Mutter hat begonnen, ihr Tagebuch an dich zu richten. Sie hat auch einen Kosenamen für dich, den sie mir aber nicht verraten will. Jedenfalls sind die Sätze, die sie aufschreibt, und die diesen Sätzen zugrunde liegenden Gedanken von einer außerordentlichen und bedeutungsvollen Schönheit, dass mir oft ganz bange wird, wenn sie mir aus ihrem Büchlein vorliest. Ich hänge an ihren Lippen wie nie zuvor. Du bist es, der sich ihr »an die Seele schmiegt« – eine Wendung deiner Mutter – und eine Ahnung höherer Wahrheit in ihr aufsteigen lässt. Gestern erzählte sie mir, dass dir durch den Verlust deiner Geburt dein ewiges Alter erhalten geblieben sei. Wir Menschen seien nur die verkörperten Schatten höherer Wesen. Indem ihre Schatten Mensch werden, binden sich diese Wesen jedoch an das irdische Sein. Sie verlieren ihre Autonomie und werden ihrem jeweiligen Schattenmenschen unterworfen. Dein Schatten aber ruhe ungebunden und in Freiheit über unseren Herzen. So seist du nicht an einen Schattenkörper gekettet und verbringest die Zeit dieses Lebens im vollen Bewusstsein deiner wahren, höheren und ewigen Existenz. Deine Mutter meint, dass es ihr schwerfalle, das, was du ihr »in die Seele sprichst«, in Worte zu fassen. Ich glaube aber zu verstehen, was sie erklärt: Dein Schatten berührt ja auch mein Herz. Wahrscheinlich ist der Unterschied zwischen einem behinderten Körper und einem gesunden im Vergleich zu deinem Seinsstatus völlig unbedeutend. Bereits die Vermenschlichung allein müsste doch einem höheren Wesen der Behinderung seiner innersten Natur gleichkommen. Warum erzähle ich dir das alles? Du weißt es ja längst. Wenn ich hier so zu dir spreche, so einfach und direkt, spüre ich das Wunder, dass du dich, ohne durch die körperliche Bedürftigkeit eines Säuglings an uns gebunden zu sein, freiwillig dazu bekannt hast, unser Kind zu bleiben, als lichterlohe Freude, die jede Zelle meiner nichtigen Existenz erfüllt! Deine Mutter und ich sind oft ganz starr und sprachlos und können nur weinen vor lauter Glück und Rührung. Es ist ja nicht möglich, dass sich allen Eltern, die sich gegen ihr ungeborenes Kind, sei es behindert oder nicht, entscheiden, das höhere Wesen, dessen Schatten bereits über dem Ungeborenen geruht hat, als Lichtgestalt zu erkennen gibt. Es wäre dann wohl eine andere, weisere, vor allem eine bessere Welt. Du hast uns etwas so unverhofft zuteilwerden lassen, für dessen Erfahrung all die Mönche, Eremiten, Asketen, all die Sinnsucher, Schamanen und Mystiker sich ein Leben lang aufopfern.

Ich glaube jetzt auch, dass du es warst, der mir vor einiger Zeit in einem Traum erschienen ist: Durch ein hohes, schwarzes Tor war ich in einen schattigen Gang eingetreten. Aus links und rechts abgehenden Zimmern fiel fahles, weißes Licht. Eine angenehm kühle, leicht säuerliche Luft wehte mir entgegen. So beschrieben, scheint es ein friedlicher Anblick gewesen zu sein. Du kannst dir aber nicht vorstellen, was für ein fürchterlicher Lärm mir plötzlich entgegenschlug. Als mit einem leisen Klack das Tor hinter mir ins Schloss fiel, erhob sich ein so elendes Gejammer, dass selbst du, in deinem ewigen Alter, noch nie etwas Gleichartiges gehört hast. Heisere, schwächliche Stimmen brachen in ein gräuliches Schluchzen und Klagen aus. Mit letzten Atemzügen schienen sie dieses Geschrei herauszuwürgen. Wahrscheinlich hätte ich einfach umkehren können, wieder hinaus in die nächtliche Stille, in der ich schlief. Ich wollte aber wissen, was es war, das da so erbärmlich sein Leid klagte. Im grellen Licht der tiefhängenden Leuchtstoffröhre, die die erste Kammer beleuchtete, saßen zwei Männer am Boden, in graue Hemden und Hosen gekleidet, die ihre Beine umklammert hielten, die Schultern angezogen. Mit ihren geröteten Händen rieben sie sich die nackten Füße. Sie schienen zu frieren, ihrem Jammern unterlag ein leichtes Beben, die Unterkiefer zitterten. Mir aber war wohlig warm, sodass ich nicht verstand, unter welcher Kälte sie so litten. Bis sie mir mühsam ihre zuckenden Köpfe entgegenhoben: Aus ihren eisblauen Augen sprach tödliche Kälte. Ich schrak zurück, ein kurzer Schauer durchspülte mich von Kopf bis Fuß. Den Gang hinab taumelte ich zur nächsten Türöffnung. Dieses Mal blickte ich in einen riesigen Operationssaal. Grüppchen bekittelter Männer und Frauen umstanden die mitten im Raum stehenden Operationstische, sodass mir die Patienten verborgen blieben. Ich hörte nur ihr kreischendes Ächzen und Stöhnen. Wieso man sie denn nicht betäubte, fragte ich mich, schon war ich weitergetappt, lehnte im nächsten Türrahmen, eine lange Allee von Betten vor Augen. Aus tausend Kehlen wimmerte es. In diesem Krankensaal hoffte niemand mehr auf Heilung. Die abgemagerten Gestalten saßen aufrecht auf ihren Matratzen, jammerten, winselten, hielten die offenen Hände zum Himmel. Aber während sie so ihre Klagelieder sangen, schwenkten sie ihre kahlen, fleischlosen Schädel ununterbrochen hin und her, aus ihren schwarzen Augenhöhlen die Saalgenossen beobachtend. Auf einmal ging ein Ruck durch die Körper, alle streckten ihre Köpfe einem Einzigen von ihnen entgegen. Sie hielten inne, selbst ihr Winseln wurde nun sehr leise. Dieser eine unterschied sich durch nichts von den anderen, er war dürr, knochig, kalkweiß. Starr und reglos kniete er auf seinem Bett. Plötzlich knickte er seitlich ein, kippte um, schlug auf den Bettkasten auf und glitt langsam wie ein schwerer Sack zu Boden. Die übrigen heulten auf, gurgelten und spukten, aber klatschten gleichzeitig wild und begeistert in die Hände.

Ich weiß nicht, ob die Räume in irgendeinem Zusammenhang standen oder der Traum sie völlig willkürlich nacheinander aufreihte. Auch im nächsten, im übernächsten, in all diesen Räumen, lagerten Menschen auf Pritschen, Stroh, klapprigen Bänken oder wie Getier zu Hunderten zusammengepfercht. Ich war in eine Art höllisches Hospiz geraten. Immer tiefer hinein lief ich in das Getöse der Sterbenden, von einer starken Neugier getrieben, die es mir nicht erlaubte, ans Umkehren auch nur zu denken. Bis ich zu guter Letzt ans Ende des Ganges gelangte. Ich fand keine Tür, keinen Ausgang, nein, dort fand ich dich. Am Ende dieser grausigen Sackgasse saßest du auf einem Klappstuhl, ordentlich gekleidet im grauen Anzug und weißem Hemd, dein langes braunes Haar zu einem Zopf gebunden. Du warst ein großer, schlanker Mann. Dein Lächeln war wunderschön. Du bist aufgestanden, bist mir mehrere Schritte entgegengekommen. Du hast mir deine warme, kräftige Hand auf den Rücken gelegt und mich den Gang hinunter zurückgeführt. Das elende Gejammer, das gerade noch in meinen Ohren gedröhnt hatte, war verschwunden. Kein Laut störte mehr die Stille der weiten Hallen, die sich nun als Himmelszelt in der Höhe verloren. Wir liefen auf einem Feldweg entlang. Rechts und links von uns duftete die offene Krume, die Erde entblößte ihr fruchtbares Schwarz. Bald schon war sie bedeckt von leuchtend grünen Sprösslingen, die ihre ersten Blätter entfalteten. Mit jedem unserer Schritte wuchsen die kleinen Pflanzen heran. Wir durchquerten weite Felder schwerer Ähren, wandelten über üppige Wiesen an duftenden Obstbäumen vorbei, gingen durch verwunschene Gärten, die in ihrer leuchtenden Farbenpracht einem Feuerwerk gleichkamen. In der Ferne erklangen die lachenden Stimmen einer Gruppe badender Jungen und Mädchen. Ich blickte in deine Augen, die in allen Farben des Regenbogens zu schimmern schienen. Ohne ein Wort aber wiesest du mir das Tor, und ich trat zurück in das leuchtende Blau des Morgens, in das ich erwachte.

Damals wusste ich nicht, dass du es warst. Ich wusste auch nicht, was all das zu bedeuten hatte. Inzwischen haben wir aber gelernt, deine Zeichen zu lesen. Du liebes Kind, alles ist so neu und wunderbar. Wer weiß, was noch passieren wird, jetzt, da dein Licht in unserem Leben brennt. Deine Mutter hat begonnen, ihren Freundinnen von dir zu erzählen. Gemeinsam schreiben sie die Dinge, die du ihr sagst, in schöner Schrift auf Postkarten und verteilen sie anonym in den Briefkästen unseres Viertels. Es sind Sentenzen wie: »Traut euch zu leben, denn das Leben bringt den Tod« oder: »Liebet einander, denn ihr werdet vereint sein im Tod!« Im nahen Altersheim, wo wir uns seit Kurzem ehrenamtlich als Sterbebegleiter engagieren, hat sie einige Karten ans schwarze Brett geheftet und auf den Tischen im Aufenthaltsraum ausgelegt. Sie waren schnell vergriffen. Sie plant nun einen Gruppenabend, um mit ihren Freundinnen und interessierten Ruheständlern die oft schwierigen Sätze auf den Karten zu diskutieren.

Ich hoffe nur, dass uns das alles nicht über den Kopf wächst. Manchmal erinnere ich mich an unser trauriges Wochenbett, als die Leere nach deiner Abtreibung so groß war. Du bist gekommen und hast deinen Platz dort eingenommen, wo nichts war. Als strahlende Himmelskraft hast du die Finsternis ausgelöscht. Ich wünschte trotzdem, dass du mich wieder einmal im Traum besuchen kommst. Ich habe dir so viel zu sagen, und wer weiß, ob mein Brief dich erreicht. Aber du bist ja da und liest, was ich schreibe, ich weiß es, deine Mutter weiß es auch. Du herrliches Kind! Sei nachsichtig mit deinem zweiflerischen Papa. Er liebt dich und denkt an dich! Sei geküsst und nur vorerst: bis bald!

DER BERICHT EINER REISE

Ich habe aufgehört ... nein, es gibt keinen Grund, habe es beendet, einfach so. Von Anfang an, und ich meine, vom ersten Buchstaben an, habe ich immer geschrieben, ein Buchstabe, zwei Buchstaben, drei, zuerst ohne zu wissen, wofür, welche Laute. Seiten voller Buchstaben, über das Blatt verteilt wie Hagelkörner oder Kratzspuren. Immer neue kamen dazu, sie wurden mir vorgelegt, ich habe sie angeschaut, sie mit der Fingerspitze nachgezeichnet, dann begriffen, dann gemalt, dann geschrieben. Ich habe sie aneinandergereiht, ohne zu grübeln, jeden für sich, einen nach dem anderen, dann laut aufgesagt, buchstabiert, später in einem langen Ton, bis sich Worte aufdrängten. Da lernte ich, dass das, was die Menschen sprachen, das Geschriebene war, und ihre Sprache fiel mir zu, von Jahr zu Jahr neue Worte, Wendungen, Satzkonstruktionen, ich schrieb alles auf, zuerst auf Zeichenpapier, das ich, kaum gekauft, flächendeckend beschrieben hatte, unleserliche Krakel oder Reihen von Ziffern oder winzig klein geschriebene Anekdoten, bis ich nicht mehr wusste, wohin mit mir und meinen Filz-, Bunt- und Wachsmalstiften oder meinem ersten Füllfederhalter, den mein Vater mir geschenkt hatte, nachdem ich ihn wiederholt von seinem Schreibtisch gestohlen hatte. Angesichts der DIN-A4-Seiten, Malblöcke und Zettelhaufen überließ er mir, als ihm ein neuer bewilligt wurde, seinen tauben-

grauen Dienstcomputer, der rauschte und zitterte, wenn er endlich
bereit war und ich mich über die Tastatur krümmte. Merkwürdig
sortiert lagen sie vor mir, sämtliche Buchstaben und Zeichen, Punkte, Striche, Kreuze, und die weiße, endlose Seite leuchtete ungeduldig. Ich schrieb erst auf, dann erzählte ich, oder andersherum, mein
Vater hörte zu, meine Mutter, meine Geschwister, Freunde, Bekannte, mein lebenslanges Tagebuch, in dem alles passierte, die Zeit ist zu
kurz geworden, es noch vorzulesen, ich erinnere mich an Absätze,
Seiten oder nur Sätze. In einer mondhellen Nacht stieg ich aufs
Fensterbrett, kletterte die Weinreben hinab, pflückte im Hangeln
volle Trauben und stopfte sie mir in den Mund, samt Stängeln, Ker-
nen, Käfern, Nachtfaltern und Regendreck, zerkaute alles, schluckte,
mir wurde nicht schlecht. Vor dem Haus war ein Schotterweg, dort
hielt ich inne und lauschte. Ich hörte meinen Computer brummen,
aus dem offenen Fenster heraus, aber ich dachte ja, es wäre nur für
einen Augenblick. In Amerika war ich sofort beliebt, niemand ahn-
te, dass ich nur ein weiterer Ausreißer war. Die Behörden suchten
mir eine Schule, und ich ging hinein, in das riesige, flache Gebäude,
das nicht zu überblicken war, so weitläufig lag es in der Ebene. Ich
lief die Gänge entlang, an den Jungen und Mädchen vorbei, die an
ihren Spinden standen und ihre Bücher wegschlossen. Ich trank
Wasser aus einer Fontäne, so wie ich es bei den Einheimischen beobachtet hatte: mit weit offenem Mund. Harmonie herrschte draußen auf den Sportplätzen, wo wir spielen durften, gegeneinander,
miteinander oder jeder für sich allein. An den Wochenenden wurden Querfeldein-Läufe organisiert; auf schmalen Pfaden, die sich
in einem winzigen Waldstück kringelten, rannten wir, ohne je die
Sicht- und Rufweite des Lehrkörpers zu verlassen. Bis ich über eine
Wurzel stolperte, durch dichtes Gebüsch in einen Straßengraben
stürzte, mich gerade so auf den Beinen hielt und nicht aufhören konnte, zu laufen. Niemand wunderte sich über einen Jugendlichen im

Sportoutfit, der am Straßenrand sein Training absolvierte, keiner sah, woher ich kam oder wie weit ich es schon gebracht hatte, in den Augen der Vorgartenhüter hatte ich immer erst ein zu kurzes Stück geschafft. Als ich die Stadt hinter mir ließ, wurde ich langsamer und spürte den Zugriff der Natur, die sich hier noch nicht der Zivilisation ergeben hatte, sondern Häuser, Autos und all den Schrott verschlang. Sie war auch hinter mir her, der diesen Teil der Welt unerlaubt betreten hatte. Ich lief und lief, aber die Straßen verloren sich im Unterholz, zahllose Male musste ich umkehren, zurück zur letzten Kreuzung. Ich ernährte mich von Früchten und Gräsern und trank Wasser aus schlammigen Pfützen, meine Notdurft verrichtete ich ohne Scham, ich pinkelte im Gehen und genoss die Wärme meines Urins, der an meinen Schenkeln hinabfloss, oder hockte mich hin, ein brauner Saft war alles, was von meinem täglichen Fraß übrigblieb. Ich traf niemanden, keine Affen, keine Rehe, kein zutrauliches Tier, das mir die Menschen hätte ersetzen können. Wenn ich mich am frühen Abend in eine mit Blättern ausgelegte Mulde zum Schlafen zurückzog, dachte ich an früher, als alles noch geordnet war und mein Vater und meine Mutter immer bereit waren, das Schlimmste von mir abzuwenden. Das andere Ende der Welt, flüsterte ich und schloss die Augen. Mit der Dämmerung brach ich auf, erschöpft von wahnhaften Träumen, in denen ich eine vibrierende Welt gesehen hatte, die jeden Augenblick zerstieben würde – ihre unendlichen Atome warteten noch auf eine Idee, einen Vorschlag, eine Ahnung, die sie in der nächsten Welt erfüllen könnten, aber da war nichts, rein gar nichts, und sie blieben, wo sie waren. Ich folgte einem breiten Flussbett, das längst kein Wasser mehr führte, und kam in eine trockene Gegend. Wolken zogen über sie hinweg, aber Regen fiel nie. Hier fand ich einen offenen Verschlag, in dem Streifen von Fleisch und halbierte Fische zum Trocknen aufgehängt waren. Ich riss mir von beidem herunter und warf mich auf ein Lager aus Stroh, beruhigt, dass ich nun bald wieder auf Menschen treffen würde. Aber kaum war ich satt, heulte ein Durst auf, so flehend und unnachgiebig, dass ich mich aufraffte und auf die Suche nach Wasser begab. Ich folgte der tiefsten Rinne im Flussbett, balancierte über weiße, zu Kugeln geschliffene Steine, die unter meinen Füßen ins Wanken gerieten, ich sprang in leere Gumpen hinab und kletterte auf der anderen Seite wieder hinauf. Es gab nichts Totes und nichts Lebendiges, nur feinen Wüstenstaub, der alles auf gleiche Weise färbte. Obwohl ich längst am Ende meiner Kräfte war, begann ich zu rennen, ich rannte und rannte, war aber kaum vom Fleck gekommen, als mein Körper versagte. Ich rang nach Luft, sackte in die Knie, stürzte kopfüber und atmete Staub ein. Es wird nicht enden, so nicht, dachte ich, und wirklich: Etwas trat heran, ich hörte, wie Sand unter schweren Schritten knirschte. Es gelang mir, mich auf die Seite zu wälzen und meinen Kopf zu heben. Die Silhouette einer Menschengestalt ragte in den blassen Wolkenhimmel, die langen Arme hingen hinab. In der Hand hielt sie einen Pfeil, sie beugte sich mir entgegen und drückte die scharfe Spitze gegen meine Stirn. Tropfen dicken Blutes quollen hervor, liefen über meine Nase und benetzten meine Lippen. Voller Zorn versuchte ich zu schreien, keuchte, dann griff ich nach dem Pfeil und entriss ihn der Hand. Ich bäumte mich auf und schlug ihn in den sandigen Boden. Er durchbrach eine harte Kruste, unter der sich Nichts oder etwas Weiches, Durchlässiges befand, und sank bis zum Schaft ein. Weißer, kühler Schaum schoss mir entgegen. Während ich lange Zeit meinen Durst stillte, stieg das Wasser, hob mich auf und trug mich weiter. Vor den Toren einer majestätischen Stadt wurde ich an Land gespült. Ich schlich den schmalen Uferstreifen entlang, bis ich unter einer Brücke eine Reihe gut gepflegter Schlafplätze fand, von den Besitzern fehlte jede Spur. Ich rollte mir einen Schlafsack aus und legte mich auf eine wärmende Matratze aus Karton, eine Flasche steckte griffbereit in einem gut geschnürten Bündel von Lumpen, ich nahm einen Schluck, hustete, nahm den nächsten Schluck, hustete, spürte wie mein Körper erzitterte, dann von einer Wärme durchrollt wurde, bis in die Fingerspitzen, unter die Kopfhaut, ich setzte die Flasche an und trank Schluck für Schluck. Von da an war ich nicht mehr allein, die Menschen kehrten zurück, setzten sich an ihre Plätze, meine Nachbarn fragten mich, wer ich sei, woher ich käme. Und ich wollte zu ihnen sprechen, wollte alles erzählen, ausschmücken, wiederaufleben lassen, doch meine Zunge war schwer, mein Blick trübe, nichts kam mir über die Lippen außer urigen Lauten, die keinen Sinn ergaben. Ich versuchte zu artikulieren, öffnete den Mund weit, bewegte meine Kiefer auf und ab, ohne Erfolg, ich sah es in ihren traurigen Gesichtern, sie hatten gehofft, endlich etwas zu erfahren, Nachricht zu erhalten aus einer unentdeckten Welt, doch ich brachte nichts hervor außer lautem Schmatzen und einem plumpen Singsang. Ich schloss die Augen, irgendwo tief in meinem Inneren herrschte Klarheit, und jeder Gedanke war ein korrekter Satz, der sich sinnvoll auf seinen Vorgänger bezog, ich wusste es, und doch war ich zu schwach, zu benommen, um zu diesem Kern vorzudringen. Da spürte ich, wie ich in kaltem Schlick versank. Noch bevor ich erwachte, träumte ich, dass ich in einem hellerleuchteten Raum die Augen aufschlug, mein Körper auf wunderbare Art von allem Unrat, Staub und Schlamm gereinigt war, auch mein Blut war gereinigt, auch meine Vergangenheit, auch mein unsteter Charakter. Ich stand auf und befand mich in einem Raum, der nur von wolkenartigen Schleiern gebildet wurde, ich näherte mich der blendend weißen, duftenden Wand, bückte mich und schlüpfte unter ihr hindurch, ich durchschritt zahllose solcher Trennwände von Schleiern, die aus rotem und grünem Samt, aus Rubinen und Smaragden, aus Schnee, Hagel und Nebel, aus Dunkelheit und Feuer gewoben waren. Zuletzt stand ich vor einem

Vorhang, der nur aus dem anhaltenden Laut einer Stimme bestand, ich hörte zu, ich weiß nicht, wie lange. Als ich zum zweite Mal erwachte, bedeckte mich eine schwere Schicht schwarzen Schlamms. In einem Anfall von Panik schrak ich auf, der Panzer, der mich halten soll, zerbricht, dachte ich und erhob meine Hände zum Himmel. Ich war noch immer am Leben, und doch war nichts gewonnen oder verloren. Wieder erklomm ich die Uferböschung, um jetzt endlich in den schützenden Schatten der Stadt einzutreten.

Durch das hohe wie breite Stadttor kam ich auf einen Platz, von dem aus etliche Gassen, aber nur eine einzige mit Bäumen gesäumte Prachtstraße abgingen, und schrak zurück, so lang hatte ich sie nicht mehr gesehen, all die Menschen, die genau wie ich, wie vom Himmel gestürzt, auf diesem Planeten eine Heimat suchten. Über der Ecke eines niedrigen Quaders von kaltem Granit sank ich nieder und starrte auf meine offenen Handflächen; unter der Haut war mein Blut in schneller Bewegung, sie waren feuerrot, etwas passierte. Ich sprang auf, schüttelte meine Arme und Beine, beugte meinen Kopf einmal nach links und einmal nach rechts, drückte mein Kinn auf die Brust, dann lief ich geradewegs ins Dunkel der schattigen Gassen. Sie waren so eng, dass die Menschen in Reihen gehen mussten, einer nach dem anderen, und kein Sonnenlicht ihren Grund erreichte. Im fahlen Licht vereinzelter Laternen blickte ich auf einen feisten, behaarten Nacken, an einer Kreuzung, an der sich die Menschen angestrengt aneinander vorbei schoben, auf einen glänzenden, straff geflochtenen Zopf. Später sah ich über eine Gruppe von Kindern hinweg, wie ein junger Mann sich umwandte und mich ansah. Sofort wurde er vom vordersten der Kinder weitergedrängt, es schrie ihn an und stieß ihm die Hände gegen den Po. Wie gern hätte ich mich zu ihm hindurchgekämpft, es war unmöglich: Ein riesiger Mensch schlüpfte aus einer Tür und zwängte sich vor mich.

Auf seinem nackten Rücken erkannte ich das Bild einer verlorenen Jungfrau, sie war an einen Mast gefesselt und verschloss ihre Augen vor einem herankriechenden, ungeheuerlichen Fabelwesen. Als der Körper mein Blickfeld wieder freigab, kamen wir auf einen weiten Platz hinaus, der von der Stadt wie von einer unüberwindbaren Mauer umringt war. Menschengruppen standen um einige Statuen versammelt, die von weißem Leinen verhangen waren, andere saßen auf den Brüstungen ausgedehnter Brunnenanlagen. Die vom Wind verwehte Gischt der Fontänen traf mich ins Gesicht. Eine Frau stand knietief im Wasser, ihr Kleid gerafft in beiden Händen, sie blickte zum Himmel, ihre Lippen zuckten. Mich überkam ein starker Schwindel, ich taumelte, griff nach rechts und links ins Leere. Ich zählte bis drei, ich dachte ans Ende. Ich riss die Augen auf, zum letzten Mal, glaubte ich, da erkannte ich hoch oben auf den Dächern der Stadt die Menschengestalt und erstarrte. Auch sie erkannte mich, auf einer unsichtbaren Treppe stieg sie herab, der Wind zerrte an ihrem silbern schimmernden Umhang. Sie kam auf mich zu, ich sah ihr Gesicht, ihre Augen, ihren offenen Mund, ihre blitzenden Zähne, sie sank in mich ein, ich spürte, wie die Wärme ihres Körpers meine Brust, meinen Bauch, meine Arme und Beine, meine Lippen, meine Mundhöhle, meinen gesamten Kopf erfüllte, ich spürte, wie sie durch meinen Rücken wieder heraustrat. Ich drehte mich um: Der flüchtige Schatten einer Wolke jagte über die weißen Marmorplatten des Platzes dahin. Ich wusste, was zu tun war, und trat auf eine der Statuen zu, packte den derben Stoff und riss ihn herunter. Das Geschrei Tausender Singvögel brach los. In schlanken Käfigen, die die Form nackter Menschen hatten, hockten sie auf dünnen Querstreben und kreischten um ihr Leben. Ich griff in die dünnen Maschen, zog aus Leibeskräften, bis der Käfig sich zu neigen begann. Er würde stürzen, gleich, nur noch ein bisschen, dachte ich, aber sie hielten mich auf, die Menschen, die zuerst tatenlos zugesehen hatten, jetzt eilten sie auf mich zu, zerrten an mir, warfen sich gegen den kippenden Käfig, lösten einzeln meine Finger. Ich schrie auf, ein langer, schriller Ton, der mich wie auch die an mir Zerrenden überraschte, einen Augenblick lang rührten wir uns nicht. Dann packten sie mich nur noch fester. Ich gab allen Widerstand auf, beinahe wäre ich ihnen aus den Händen geglitten, so nachgiebig wurde ich, mein Körper weich und schlaff. Da fühlte ich, dass etwas von innen her meinen Mund öffnete, eine verborgene Gewalt, sie drängte hinaus, meine Zunge verkrampfte, sprang auf und ab, schlug gegen meine Zähne und Lippen, verursachte ein schmatzendes, kehliges Geräusch. Auf ihren Schultern trugen mich die Menschen rennend durch das Straßengewirr ihrer Stadt, während diese merkwürdige Rede aus mir tönte. Unter einem dürren Baum, der jedoch winzige, hellgrüne Knospen trug, kam ich zu mir. Ich hatte nichts vergessen von dem, was vorgefallen war, mein Besuch in der Stadt, die Gestalt auf den Dächern, mein Angriff und die Stimme, die sich meiner bemächtigt hatte. Ich wiederholte einige der unverständlichen Phrasen, die mir wortwörtlich, wenn man es überhaupt so nennen konnte, in Erinnerung geblieben waren. Ein großer Stein rührte sich, seufzte, es war ein zusammengekauerter Mensch, der sich jetzt aufrichtete. Er lächelte mich an. Er war einer jener Eremiten, die zu Tausenden die Wüste bevölkerten und ihre asketischen Übungen praktizierten. Sie lebten jeder für sich allein, sie meinten, es sei besser so. Dieser aber lächelte mich an. Ich stand auf, streckte mich, dann brach ich einen langen, festen Knüppel aus dem dürren Baum. Ich trat auf den Eremiten zu, holte weit aus, brüllte, er rührte sich nicht, sondern blickte mir restlos ergeben ins Gesicht. Ein Hund jaulte, der Wind säuselte, ein Vogel schrie vom Himmel herab. Der Knüppel sank und fiel zu Boden. Ich war gestrandet, ausgestoßen aus der Welt. Die Rauchsäulen über den Schloten der Stadt schmückten wie ein schattenloser Wald den Horizont. Diese

Steppe war zum Sterben gemacht, und doch hielt ich mich aufrecht und hatte Visionen.

Mehrere Tage vergingen in einer Art euphorischem Rausch. Ich lief umher, strich den Eremiten, die sich aus ihren komplizierten gymnastischen Übungen lösten, über ihre vertrockneten Schädel und dachte an Amerika. Nicht an das Amerika meiner Jugend, sondern das Amerika meiner Kindheit, ein winziges Dorf im Muldental, in dem mich zum ersten Mal jener fatalistische Sog ergriffen hatte:

An steile Felshänge gedrängt, war der Zug dem Flusslauf gefolgt. Die meisten Passagiere waren längst ausgestiegen; ich war allein in einem Sechser-Abteil zurückgeblieben und versuchte, die Uhrzeit am Stand der Sonne, die in den hohen Baumwipfeln am gegenüberliegenden Rand der Schlucht aufleuchtete, abzulesen. Bis der Zug mein Ziel erreichte. Unter den Augen eines großgewachsenen, tiefgebeugten Schaffners stieg ich aufs Trittbrett hinaus und setzte den Fuß auf einen Bahnsteig, der von atemraubender Stille beherrscht war. Erleichtert, endlich angekommen zu sein, legte ich meinen Kopf in den Nacken, mein Mund öffnete sich. Ich ließ ihn wieder sinken, und mein Mund schloss sich. Auf einer ebenso schmalen wie steilen Treppe durchquerte ich das Dorf und gelangte zu den oberen Berghängen, wo die Dorfbewohner sich umzäunte Gärten hielten. Mit unnachgiebigem Eifer pflegten sie diese jahraus, jahrein, doch wenn sie starben, ohne vorher einen Nachfolger bestimmt zu haben, verwahrloste alles binnen weniger Monate, die Grenzen zwischen Wegen und Beeten verschwammen, und die unterschiedlichsten Pflanzen verwuchsen zu einer einzigen grünen Masse, aus der nur die pechschwarzen Werkzeugschuppen wie unbemannte Fischerboote heraustaken. Auf einem dieser Grundstücke, dessen mir fern verwandter Besitzer von einer Auslandsreise nie zurückgekehrt war, wollte ich den Sommer verbringen. Sturm und Gewitter oder verzweifelte Plünderer hatten den verwitterten Lattenzaun längst niedergedrückt, sodass ich ohne Mühe über ihn hinwegsteigen konnte. Hier hatte schon seit Jahren niemand mehr für Ordnung gesorgt. Mit schwimmenden Bewegungen drang ich durch das Dickicht zu einer Gartenbank hindurch, die von hohem Gras umfasst war. Auf dieses Himmelbett ließ ich mich vorsichtig nieder, die morschen Streben knirschten, aber hielten stand, und schloss die Augen, um von der langen Fahrt auszuruhen. Während die zarten Spinnfäden erwachender Träume emporschossen, niederfielen, bis ihr engmaschiges Netz mich nach und nach restlos aus der Welt lösen würde, erreichte mich der Hauch einer Stimme, die leise säuselnd von meiner Zukunft berichtete. Die Stimme erzählte mir, aber ich vergaß. Schlaf überkam mich, der tief und dunkel war, tiefer und dunkler als alle Augen, die mich je anschauen würden, um mich zu ergründen oder von mir ergründet zu werden. Drei Tage saß ich im offenen Tor des Gartens, die Sonne brannte, und nur der löchrige Schatten eines alten Kirschbaumes schützte mich. Um mich herum arbeitete die Natur, ohne auf mich zu achten, allein die Stechmücken, die mit der Dämmerung kamen, wussten etwas mit mir anzufangen. Die Dorfbewohner, die mich doch gesehen haben mussten, als ich, der Fremde, ihr Dorf durchschritten hatte, suchten mich nicht. Mehrere Male hörte ich ihre dumpfen Stimmen, die ohne Absicht auch zu mir hinaufdrangen, wenn sie an den Ecken ihrer Häuser aufeinandertrafen und stehen blieben, um einen Schwatz zu halten, wie man in dieser Gegend zu sagen pflegte. Ich hatte gehofft, sie würden mir Früchte, Nüsse oder einen Teil ihrer Mahlzeiten bringen. Ich verbat mir, zu beten, im Geiste zu ihnen zu sprechen oder lauthals ins Tal hinabzurufen. Die Nächte vergingen in einem dumpfen, farblosen Schlaf wie unsichtbare Momente. Am Morgen des vierten Tages aber erinnerte ich mich plötzlich an einen Traum: Unter einem markerschütternden Schrei ohne Ursprung

war die Rochsburg, das Wahrzeichen Amerikas, in sich zusammen-
gestürzt, ganze Mauern, Türme samt Zinnen und Dachziegel, sper-
rige Balken, das Mobiliar der Museumsräume und die riesigen Qua-
der des Fundaments jagten den Hang hinunter, Dörfer, Kleinstädte,
Kuhherden, Autobusse, Pkws und Menschen mit sich reißend, die
ganze Region brach über dem ruhigen Flusslauf der Mulde zusammen, und eine Welle geriet ins Rollen, die die Berge ins Wanken
brachte, schneller, als das Auge blicken konnte, schoss sie durch die
engen Schluchten in Richtung des offenen Landes. Ich klammerte
mich am Betonpfosten des Zaunes fest, mein Gartenfleck hielt sich
noch, eine grüne Insel mitten im Untergang. Grashalme, vom Wind
gepeitscht, strichen über meine Lippen. Ein Kitzel durchzuckte meinen Körper wie ein Blitz. Ich sprang auf, wischte mir den Schweiß
von der nackten Brust, rieb mir die Wangen, rieb mir die Nasenflü-
gel. In kurzen, aber schnellen Schritten rannte ich die steile Treppe
hinab, die der einzige vertikale Weg durchs Dorf war, bis ich in einer Nische, in der ein Teelicht im roten Glas wild flackernd brannte,
eine offene Tür fand. Ich trat in einen Vorraum, der nur vom weißen Schein eines Bildschirms erleuchtet war. Zwei winzige Figuren
sprangen von Säule zu Säule, fingen Goldtaler ein, wichen Unge-
heuern aus, kletterten Leitern hinauf. Eine der beiden stürzte in einen bodenlosen Abgrund, kurz darauf wurde die andere von einer
Stichflamme erfasst. Auf einer niedrigen Couch im Zentrum des
Raumes saßen die beiden Spieler und begannen von vorn. Ein Drit-
ter, der noch auf seinen Einsatz wartete oder unbeteiligter Zuschau-
er war, lag seitwärts zu ihren Füßen auf einem schmalen Läufer
oder einer ausgerollten Strandmatte – das schwache Licht rückte
alles ins Ungefähre. Nur an der Stimme erkannte ich, dass es ein
Mädchen war, es rief: »Was willst du? Was auch immer du willst,
nimm es dir! Nimm, was du willst! Greif zu! Nimm es dir einfach!
Nimm!«, und zeigte in die hintere Ecke des Raumes. Möglicher-

weise verwechselte es mich im Zwielicht mit einem anderen, dem herumirrenden Dorftrottel, einer verrückten Alten oder einem jugendlichen Einzelgänger, der mit niemanden sprach, doch vielleicht galt diese Gastfreundschaft wirklich mir; ich presste die Lippen aufeinander und riss die Augen weit auf, damit keine Tränen über ihre Lider schwappten, ich sog die abgestandene Luft ein wie kühles Quellwasser, dann tappte ich auf einen kleinen Tisch zu. Im Licht einiger Kerzen fand ich Würste, Brötchen, Blatt- und Kartoffelsalat, Limo, Senf und Gummitiere, Erdnüsse, Salzstangen, saure Gurken, aufgeschnittene Äpfel und Birnen, weiße Pappteller und weißes Plastikbesteck. Ich begann zu essen, zuerst schnell und hastig, dann aber ruhiger. Ich spürte, dass das Mädchen mich beobachtete, es beschützte mich, ich konnte mir Zeit lassen. Ich aß und aß, aber weder schienen die Schüsseln und Schalen sich zu leeren noch mein Magen sich zu füllen. Trotzdem schmeckte es, und ein Hunger wurde gestillt, den ich so in all den Jahren nie wieder zu spüren bekam. Noch immer stärkt mich dieses Mahl, es treibt mich vorwärts. Und sooft ich in die Irre gehe und nie weiß, wohin, laufe ich doch auf meiner mir vorherbestimmten Bahn wie ein unentdeckter Planet, auf dem Leben herrscht.

Bewegung war in das Heer der Eremiten gekommen. Ihre Blicke suchten die Stadt. Sie hatten sich die Köpfe geschoren, die Lippen blutig gebissen. Tagein, tagaus marschierten wir. Sie gaben mir Wasser und brachten mir auf Stöcke gespießte Eidechsen, sie fanden unter jedem Stein einen guten Bissen, eine Made, eine Heuschrecke, oft wusste ich nicht, was ich aß. Ich war ihr Anführer geworden, und doch waren sie es, die die Richtung vorgaben, indem sie ihre Signale von mir empfingen, ohne dass ich nur einen Fingerzeig gegeben hätte. Ich war mitten unter ihnen, es waren aberwitzige Gestalten. Ihre dem Himmel so schutzlos entblößten Schädel waren bald verkrustet von aufgekratzten Brandblasen. Ihre großen und allgegenwärtigen Augen – sie zwinkerten nie – stachen aus dem blutunterlaufenem Weiß hervor wie verfinsterte Sonnen. Sie waren einander gleich wie sonst kein Mensch dem anderen. Ich verstand nicht, auf welche Weise sie miteinander kommunizierten, sie blickten aneinander vorbei ins Nirgendwo, trotzdem bewegten sie sich in losen Reihen auf ihr Ziel zu. Sie alle wussten genau, wer ich war, oder zumindest meinten sie, etwas zu wissen. Ich gab mich hin, ich stellte keine Fragen. Ich war ein Fisch, der durch einen warmen, sonnendurchfluteten Ozean tauchte – weit über mir schimmerte die Wasseroberfläche wie ein Siegel aus Kristall. Tatsächlich trugen mich die Eremiten in einer Art Wüstensänfte, ich lag im Brustkorb eines gewaltigen Skeletts, einer Giraffe vielleicht oder eines Kamelhengstes, das auf einen dürren Baumstamm gebunden war. Im Schritt der Eremiten wippte ich auf und ab. Die meiste Zeit starrte ich in den Himmel, der über uns stand wie ein blinder Spiegel, keine Wolkenzeichen gab es zu deuten, keinen Vogelflug. Wenn ich mich aber aufsetzte und meinen Kopf zwischen den Spitzen der Rippenbögen hinausstreckte, konnte ich das Feld der Eremiten überblicken, ja, ich blickte über sie hinaus und erkannte weit hinter uns einen Ruderer, der sich im dichten Nebel mühte, unsere Spur nicht zu verlieren. Doch der Nebel war nur der Wind, der feinen Sandstaub über die Erde fegte. Und die schwankende Bewegung war keinem Wellengang, sondern einer Verletzung oder einem Geburtsfehler geschuldet: Der Mensch zog ein steifes, vielleicht totes Bein nach. Während ich versuchte, Genaueres zu erkennen, stoppte unser langer Zug. Wir warteten, wie es schien, auf ebendiesen Hinkenden. Die Eremiten gaben eine Allee frei, an deren Rändern sie Spalier standen, mich setzten sie ab, in zweiter Reihe, und ließen ihn durch ihre Mitte stolpern. Ich verließ die Sänfte, schüttelte und streckte meine Beine und Arme, ein eiskalter Wind wehte von einem fernen Gebirge herab. Wir schlossen die Augen, atmeten ein und aus, und ein ruhiges Brausen ging durch das Heer. Der Hinkende röchelte. Ich zwängte mich durch die Reihen der Eremiten, ich sah noch den wankenden Rücken und seine Spur im Sand: ein Fußabdruck folgte auf einen langen Strich und immer so weiter. Die Stadt schwebte über dem Horizont, ihre Tore standen offen. Die Eremiten ließen sich in komplizierte Sitztechniken niedersinken und bohrten ihre Hände in den Sand. Es verlief alles nach Plan, es gab kein Geheimnis und nichts, was ich tun konnte. Ein Schrei kroch mir auf die Zunge, prickelte auf meinen Lippen, ein ungehöriger, überlauter Schrei. Ich versuchte zu spucken, riss die Mundwinkel auseinander, schüttelte meinen Kopf. Dann setzte ich mich, gegen die Sänfte gelehnt, legte die Beine übereinander und die Hände auf meinen Bauch. Wie ein warmer Schauer durchfuhr mich nun eine absolute Ruhe, sodass ich fast darüber erschrak. Die Hände wurden mir so schwer, dass ich mit jedem Atemzug gegen ihr Gewicht ankämpfen musste. Ich wartete. Gern hätte ich für immer gewartet. Aber die Zeit war in Eile. Schon war er zurück, der ehemals Hinkende, jetzt die strahlende Menschengestalt. Sie kam auf mich zu, ließ mich keine Sekunde aus den Augen. Die Stadt lag hinter ihr. Nun würde ich alles erfahren, dachte ich, erhob mich, um ihr entgegenzutreten. Ihre Hände waren groß und kalt, wie ein enger Käfig umfassten sie meinen Kopf. Ihr breiter Mund öffnete sich, Speichel, der zwischen Ober- und Unterlippe hing, zog einen Faden und zersprang. Ein kalter, stechender Tropfen traf mein Auge. Etwas knackte, als die Gestalt langsam meinen Kopf meiner rechten Schulter zubog. Ich roch ihren Atem, der süßliche Geruch ließ mich hoffen. Dann spürte ich ihre weichen Lippen auf meinem Gesicht, ein feuchter Ring stülpte sich von meiner Nasenwurzel bis über mein Kinn. Sie hauchte mir einen Rest warmer Luft ein. Da bäumte sich mein Körper auf, krampfte und zuckte. Es half nichts. Auf den glänzenden

Augäpfeln der Gestalt erkannte ich die Reflexion meines gläsernen Blicks. Ich glitt durch ihre Hände, ich fiel, aber die Erde hielt mich nicht mehr. Für einen Augenblick angsterfüllt, dass nichts mehr kommen würde, dann traurig, dann ohne Gefühl. Überall um mich herum fielen die Menschen, jetzt sah ich sie. Da riss einer den Kopf noch hin und her, eine Frau stürzte spannungslos, das gesenkte Kinn auf die Brust gestützt, ein anderer klopfte sich im Fallen hektisch auf den Bauch, die Oberschenkel, den Hintern. Ich erkannte den jungen Mann, der sich in der engen Gasse nach mir umgewandt hatte. Auch jetzt sah er mich aus dunklen, schon friedlichen Augen an, während er merkwürdig zusammengekauert stürzte. Wie viele wir doch waren, dachte ich noch, da erreichte uns ein klirrender Schrei, ich wusste nicht, was kommen würde, da war der Schrei, ohne Grund, wir stimmten ein.

INHALT

Der Nachbar 7

Bildbeschreibung 17

Die Bibliothek 21

Der Nachbar am Küchentisch 33

Herrn Naumanns Notizen zur Familiengeschichte 43

Die Bibliothek am Park 63

Die Hexenlinie 69

Aus dem Tagebuch meines Bruders 73

Marschieren durch die Parkanlage 87

Der Flaschensammler 97

Im Atelier 103

Interview mit Shana 115

Zum blauen Landwirt 131

Kalt genug 137

Liebes Kind 147

Der Bericht einer Reise 159

Für ihre Gedanken, Worte, Texte und Taten, die zur Enstehung dieses Buches beigetragen haben, möchte ich mich herzlich bei Günther Bormann und Patrick Eicke, Lisa Kreissler, Dorothee Elmiger, Lutz Seiler und Jurij Nesterko, Angela Tsakiris und Jan Valk, Valentin Just und Carolin Haupt bedanken.